A Sexta Estação

Jorge Nóbrega

A Sexta Estação

GLOBOLIVROS

Copyright © 2024 by Editora Globo S.A. para a presente edição
Copyright © 2024 by Jorge Nóbrega.

Todos os direitos reservados. Nenhuma parte desta edição pode ser utilizada ou reproduzida — em qualquer meio ou forma, seja mecânico ou eletrônico, fotocópia, gravação etc. — nem apropriada ou estocada em sistema de banco de dados sem a expressa autorização da editora.

Texto fixado conforme as regras do Acordo Ortográfico da Língua Portuguesa
(Decreto Legislativo nº 54, de 1995)

Editora responsável: Amanda Orlando
Revisão: Bruna Brezolini e Theo Cavalcanti
Diagramação: Abreu's System
Capa: Carolinne de Oliveira
Imagem de capa: © Espólio de Vivian Maier, cortesia da Coleção Maloof e da Galeria Howard Greenberg, Nova York.

1ª edição, 2024

CIP-BRASIL. CATALOGAÇÃO NA PUBLICAÇÃO
SINDICATO NACIONAL DOS EDITORES DE LIVROS, RJ

N675s

Nóbrega, Jorge
    A sexta estação / Jorge Nóbrega. – 1. ed. – Rio de Janeiro : Globo Livros, 2024.
    192 p. ; 21cm.

ISBN: 978-65-5987-157-5

1. Ficção brasileira. I. Título.

24-91804

CDD: 869.3
CDU: 82-3(81)

Gabriela Faray Ferreira Lopes — Bibliotecária — CRB-7/6643

Direitos exclusivos de edição em língua portuguesa para o Brasil adquiridos por Editora Globo S.A.
Rua Marquês de Pombal, 25 — 20230-240 — Rio de Janeiro — RJ
www.globolivros.com.br

Para Angélica.

Sob o alpendre da varanda respirava uma sombra.

José Saramago, *A história do cerco de Lisboa*

I

VERONICA TINHA PRESSA, como sempre acontecia àquela hora da manhã. Agarrou a bolsa, a câmera fotográfica, o jornal que acabara de comprar e acelerou o passo com o olhar colado na calçada. Seu jeito de andar era esquisito, aos trancos, atenta apenas aos próximos metros à frente. Entretanto, isso não passava de uma impressão. Ela enxergava longe. Observava tudo ao redor, tinha uma imensa capacidade de capturar, com o canto dos olhos, cenas que para as pessoas comuns estariam em pontos cegos. Via o chão e o céu ao mesmo tempo. Mesmo à noite, se fixasse o olhar atentamente no escuro por alguns segundos, identificaria coisas das quais os outros nem suspeitariam.

Após deixar as crianças na escola, costumava andar até a esquina e dar uma parada para decidir que caminho tomar. Tinha na cabeça um mapa mental das ruas por onde circulava regularmente e registrava os odores e ruídos da cidade.

Tudo isso junto apontava a direção que seguiria naquele dia. Ao fazer uma pausa para tomar fôlego, Veronica levantou a cabeça, mirou o entorno e dobrou à esquerda. Fazia sempre um caminho circular para não voltar pelas mesmas ruas. Tinha o dia inteiro para andar até a hora de buscar as crianças. O inverno rigoroso tinha acabado, mas os ventos fortes vindos do lago de vez em quando ainda chicoteavam aquela cidade misteriosa onde havia chegado há cinco anos e com a qual ainda não tinha conseguido se acostumar.

Em meia hora percorreu as quinze quadras que subiam pela avenida larga e ensolarada até uma praça onde várias ruas desembocavam. Seu olhar se voltou para dentro e foi engolfado pela lembrança de um caminho parecido, trilhado com sua mãe havia muitos anos, quando foi viver em Nova York ainda menina. Sentiu a mão ossuda dela apertando a sua, puxando-a ladeira acima. A sensação de ser guiada era confortável, gostava de fechar os olhos e se deixar levar. Pensava na possibilidade de ficar cega e perceber melhor todos os sentidos que sua visão extraordinária atrapalhava. Amava a surpresa de não saber para onde daria o próximo passo, o risco de pisar em falso e tropeçar. Apostava tudo naquela mão que a guiava e a protegia. A mãe brigava: "Olha pra frente, garota, ou você vai se esborrachar no chão, e eu não vou cuidar dos seus machucados". Veronica fingia não escutar. Uma vez, viram um equilibrista de olhos vendados atravessar um cabo de aço suspenso entre dois prédios. A multidão gritava, excitada com a possibilidade da queda. Sua mãe, porém, se horrorizou. Veronica entendia o equilibrista, percebia a respiração pausada em meio ao vazio, o corpo ereto, uma vara comprida nas mãos a dar-lhe equilíbrio, um caminhar altivo, sem proteção. Ela sabia o que movia o equilibrista: não era o desafio de atravessar o cabo, nem o medo a subir pela espinha, nem fama ou o dinheiro que era coletado por um companheiro. Era o ar, o ar a entrar e sair pausadamente dos pulmões e a sensação de flutuar acima do ronco da cidade, um silêncio puro, a ausência deliberada da visão, ainda melhor do que uma visão poderosa. Ter a possibilidade de cancelá-la, interrompê-la por instantes para depois remover a venda e ver tudo de novo. A venda de pano era um longo fechar e abrir de olhos, como o obturador de uma câmera fotográfica funcionando na penumbra. Só quem é capaz de fechar bem os olhos pode se lembrar das coisas com exatidão.

A praça estava semideserta naquela hora. Algumas pessoas se esparramavam nos bancos com olhares perdidos, outras cruzavam apressadas a esplanada. Duas mulheres sentadas perto do jardim central a viram abrir o pequeno portão de ferro e caminhar até elas.

— Até que enfim, Veronica! A gente já estava achando que você não viria hoje.

Ela sentou-se no canto do banco, ensaiou um sorriso e abriu o jornal.

— O que há de novo por aí que já não foi falado no rádio hoje cedo? — uma delas perguntou.

Após uma pausa, sem tirar a cara do jornal, Veronica respondeu com seu sotaque peculiar:

— Tem um satélite russo novo voando sobre as nossas cabeças fazendo um *bip-bip* intermitente, acham que pode carregar uma bomba.

As amigas se alvoroçaram. Uma se apavorou:

— Será que vai ter guerra de novo?

A outra lembrou que, no ano anterior, os russos tinham mandado uma cachorrinha para o espaço:

— Onde isso vai parar? Muda de assunto, Vê!

— O trem atropelou um carro na Zona Leste, ninguém morreu. Uma cadela perdida há uma semana apareceu na escola da dona, ninguém sabe como. A carne vai ficar mais cara a partir da semana que vem.

As outras começaram a conversar sobre as compras que suas patroas haviam encomendado. F. disse que essa história de carne mais cara ia virar fonte de reclamação na casa onde trabalhava. A. comentou que sua patroa queria virar vegetariana. O plano da mulher era reduzir a compra mensal até eliminar completamente a carne da dieta doméstica, esperando que ninguém na família sentisse falta.

— Acho que ela é meio pancada.

As duas outras mulheres riram. Veronica repetiu o esgar no canto da boca e guardou o jornal. Olhou suas botinas pretas, pesadas, masculinas. Gostava delas, eram sólidas e não lhe machucavam os pés nas caminhadas. Usaria até rasgar, depois levaria ao sapateiro, que as deixaria como novas, nunca as jogaria fora.

— Até logo, meninas. Ainda tenho muito o que fazer hoje.

Levantou-se, limpou delicadamente a lente da Rolleiflex e pendurou-a no pescoço. Veronica era alta e magra, a câmera fazia a cabeça pender para a frente e esticar o longo pescoço, parecia um flamingo. Uma linha imaginária se estendia da ponta do nariz comprido ao pescoço e descia pela coluna levemente curvada, passando pelas pernas finas e indo morrer nas grandes botas, uma combinação de escultura de Giacometti com um ponto de interrogação. Apesar da magreza, não era uma figura esbelta, causava estranheza, era desbotada, sem graça. Usava um gorro preto e um casaco cinza gasto sobre um vestido verde que ficava acobreado ao sol. Sacudiu os braços. Era hora de caçar imagens.

Continuou por uma rua estreita, o pescoço se movendo com vagar à direita e à esquerda. Havia por ali uma padaria popular, com gente entrando e saindo toda hora. Elegeu o poste da esquina como posto de observação inicial. Permaneceu recostada no poste por uns instantes, depois subiu e desceu a rua até pousar no local ideal. Parou diante de uma lavanderia e ali ficou, descansando o peso do corpo ora sobre uma perna, ora sobre outra, como a ave pernalta. Fotografou discretamente um casal discutindo, a mulher enfurecida e o homem, em silêncio, protegendo-se com um lenço da metralhadora de perdigotos. As explosões de emoção impressionavam Veronica, uma mistura de fascínio e temor, transformando-a de flamingo em pardal assustado, ainda que mantivesse a firmeza com que segurava a câmera e registrava a cena. Depois, pediu delicadamente permissão para tirar fotos de uma senhora sentada atrás de uma barraca de frutas, com saias brancas em camadas a lhe cobrir as pernas, poucos dentes e um lenço na cabeça. Comprou uma caixa pequena de morangos. Veronica não tinha dificuldades de abordar estranhos

A Sexta Estação 13

nas ruas desde que a conversa fosse superficial e que ela ouvisse mais do que falasse. Seu jeito desconjuntado e sua fala mansa compensavam a falta inicial de empatia, o que lhe permitia eliminar resistências e criar um ambiente favorável para fazer seu trabalho.

Era meio-dia, os morangos abriram seu apetite. Notou que estava a dez minutos de um bar que vendia fatias de pizzas. Enquanto caminhava, pensava na pizza e a fome aumentava. Lembrou-se de uma cena muito antiga na cozinha da casa da avó, na França, naquele vilarejo perdido entre as montanhas, de onde os homens desapareciam para a guerra ou saíam em busca de trabalho. A cozinha era quente mesmo nos meses de inverno, com o forno sempre aceso a cuspir pães, tortas e assados. Sua avó a deixava roubar sobras de massa que ficavam de propósito aquecendo na beira do forno. Amava a antevisão do gozo ao assistir à manteiga derreter sobre a massa e encharcava-se de saliva até que alguém lhe trazia um refresco de groselha. Groselha, manteiga e pão se fundiam na boca com a saliva e descia tudo garganta abaixo produzindo um gemido de prazer. O garçom da pizzaria já estava acostumado a ver aquela figura estranha chegar ansiosa e comer devagar de olhos fechados.

Satisfeita com o trabalho do dia, olhou o relógio. Logo os meninos estariam à sua espera. A sabedoria era aproveitar ao máximo o tempo livre, saber quando parar e como retornar sem se atrasar, era boa nisso. Já havia experimentado vários trajetos da cidade em busca de cenas urbanas à espera de serem flagradas. Era sempre a mesma coisa, e ao mesmo tempo sempre uma história diferente, debaixo do véu da

monotonia pululavam pequenas vidas à espera de serem re-
tratadas. Dobrou à direita e começou seu caminho de volta.

Como de costume, ficou à margem da algazarra das
crianças na saída, esperando passar o tumulto. Sua figura
se destacava das demais, J. e M. sempre a encontravam
com facilidade.

— Foi na praça hoje, Vê? Você soube que a cachorrinha da E. apareceu na escola? Você comeu o quê? Nosso
almoço estava horrível: batata com salsichas. S. e T. se es-
tapearam no recreio e ficaram de castigo a tarde toda. A
ponta do meu lápis quebrou e eu não tinha apontador.

Veronica tinha pressa. Sempre que não estava a tocaiar uma imagem, tinha pressa.

— É verdade, eu li no jornal que o cachorro da E.
apareceu. Os cachorros não se perdem, sabe? Eles encontram amigos e ficam por aí. É que às vezes eles não querem
mesmo voltar para casa, querem dar um tempo. Vocês sabiam que tem uma gangue de cachorros lá para os lados do
antigo matadouro? Eles ficam lá o dia inteiro, fuçando latas
de lixo. Às vezes invadem os quintais da vizinhança. Não se
separam nunca. O líder da gangue é um pequeno vira-lata
cego, protegido por um pastor-alemão que não deixa ninguém chegar perto dele. O vira-lata cego é mau, não aceita
nenhum cachorro estranho na gangue. Quando sente um
cheiro diferente, rosna para o pastor-alemão, que expulsa
o novato com uma surra. Pode até matar o coitado. Ainda
bem que o cachorro da E. não foi parar lá. Ou até pode ter
ido, entendeu que ia acabar apanhando e resolveu voltar
para não se meter em confusão.

A Sexta Estação 15

Em menos de meia hora estavam em casa. As crianças continuavam a tagarelar. Era hora do lanche da tarde, dos deveres e de organizar o quarto à espera dos pais. A partir dali não seria mais com ela, a não ser que os pais tivessem algum programa noturno, ou a pedissem para cozinhar quando recebiam amigos, o que Veronica fazia sem reclamar.

Seu combinado com os patrões era perfeito. As tarefas eram claramente definidas, restringindo-se ao cuidado das crianças e alguma eventual ajuda em casa. Tinha bastante tempo livre, duas folgas semanais e um salário pequeno que era suficiente para sustentar sua vida simples. Veronica não tinha namorados, não gostava de roupas da moda, seus gastos limitavam-se a pequenas despesas, livros, jornais e rolos de filme. Não saía com amigas, ia ao cinema sozinha de vez em quando. Não reclamava de nada, esperava a semana toda pelo sábado, seu dia predileto.

2

Aʜ, ᴀ ᴠᴏʟúᴘɪᴀ ᴅᴇ ᴛᴇʀ para si um resquício daquilo que alguém sente — e que a imagem torna tão próximo, tão alcançável. O que se vê é quase sempre verdade. É preciso saber ver, absorver o que é visto antes que seja corroído pelas palavras, pois a mágica se esvai no exato momento em que alguém tenta descrevê-la. A verdade não pertence à imagem retratada; é do observador que a registra, pois só ele a vê. As palavras falseiam o que se vê. Veronica não pode saber sem ver, mas pode ver sem precisar saber. E isso lhe basta.

A vontade de ver o mundo. Qual mundo? Aquela cidade cinzenta, a essência daquelas pessoas que não precisam dizer nada, que se deixam conhecer por um gesto, uma posição da cabeça, um balé estático de sinais, uma coreografia interrompida no momento vital. Lá no fundo, ela acredita ter o poder de paralisar o fluxo da vida, mesmo que a vida seja apenas insinuada por uma janela, por uma pedra, por uma paisagem árida. Pois a vida passou por ali, a vida de alguém cujo recorte ela consegue adivinhar por trás da janela, alguém que se sentou naquela pedra, ou que vai se deitar naquele chão a queimar as retinas mirando o sol. Uma cena é sempre um momento em que algo está por vir, alguém está para chegar ou partir, e nesse hiato a respiração de Veronica sempre fica tensa. Seu poder não é apenas de suspender a vida, é de criar um ponto arbitrário de onde se pode avançar ou retroceder, na captura de um presente que já foi, mas que deixa a ilusão de que ainda é e que sempre será.

As cenas seduzem Veronica, que se coloca diante delas como a planta carnívora atrai o inseto. A planta vive em solo pobre de nutrientes, tem necessidade de alimento vivo para sobreviver. A cena, como uma presa, é atraída para sua ânfora em forma de câmera, é aprisionada pelo líquido grudento do obturador, uma armadilha que se fecha. A cena debate-se por centésimos de segundos no piscar do obturador da câmera que a deixa entrar — e que logo se fecha e a impede de escapar. Esse é o golpe de misericórdia, uma pequena morte que é também prazer. Ela também queria estar lá, ser parte da cena, partilhar do instante. Porém, está do outro lado, naquele gozo incompleto. Gozo que logo se torna luto, pois o instante nunca mais vai se repetir, o que restará será um corpo a ser dissecado.

Finalmente, é sábado. Veronica não precisa caminhar muito para encontrar, logo cedo, um casal idoso a subir num ônibus. A mulher caminha com dificuldade e se apoia no homem. Ele, já cansado, ajuda-a com esforço. O ônibus estava meio vazio e Veronica, num impulso, entra também. O casal senta-se no meio do carro, e ela se posiciona alguns bancos atrás a observá-los. Nota que o velho adormece nos ombros da mulher, esgotado de seu esforço. Veronica vê as duas cabeças cansadas, uma apoiando a outra. Os cabelos da mulher terminam nos ombros e se esparramam, desordenados, escapando de um prendedor que escorrega. Ele usa um chapéu cambado para a frente e tem a nuca raspada, vermelha, de textura áspera. O tom cinza das roupas unifica os dois corpos imóveis. Veronica captura-os assim, de costas, e sente falta de suas expressões faciais. Muda-se para um banco adiante, de onde pode fotografá-los de frente. Percebe que seria interessante ter as imagens dos dois ângulos opostos, frente e verso, verificar se se completam. Vira-se para os dois agora às suas costas, nota que a mulher também dorme e percebe a profundidade dos sulcos em seus rostos, as dobras relaxadas de adiposidade. Respiram pausadamente no mesmo ritmo, imóveis como mortos. Os olhos fechados de ambos eliminam qualquer possibilidade de diálogo com Veronica, diferentemente dos poucos passageiros dispersos que miram pelas janelas, absortos no vazio. Os olhos fechados transportam os dois velhos para um outro lugar. As abas do chapéu do homem estão agora enormes e cobrem a testa de ambos, formando um teto comum, algo que os protege. Nada os perturba. Veronica se pergunta se compartilham também o mesmo sonho. A cena com que sonham domina então todo o ambiente com sua grandeza, explode com potência sobre os olhares dos demais passageiros, perdidos em interesses banais. O que se imagina a partir do que se vê pode ser o mais importante. Ela dispara o obturador várias vezes. Um bom começo.

Veronica salta do ônibus num lugar qualquer. O dia nem estava pelo meio. Não conhece aquela região empobrecida, com sobrados malcuidados de pintura gasta. Avança por uma rua mais larga, igualmente pobre, onde crianças brincam em poças d'água e as mulheres resmungam, atarefadas dentro de suas casas com janelas abertas. Antes da esquina vê dois meninos próximo a um cachorro deitado. Veronica, por instinto, atravessa a rua para obter um plano mais aberto. Os meninos brigam por uma corda, cada um puxando uma ponta, prestes a se engalfinhar. É uma cena movimentada, pois há gente passando e um vendedor de bilhetes de loteria está sentado numa cadeira apoiada no poste a ler o jornal atrás de um tabuleiro. Ele está absorto na leitura, estuda os resultados das apostas do dia anterior. Veronica curva o pescoço comprido sobre a câmera na altura da cintura, busca um enquadramento que inclua os meninos, o cachorro e o homem dos bilhetes. Nesse exato momento, um gato desce uma escada. O cachorro levanta a cabeça e late, o vendedor se assusta e os meninos se viram para entender a razão do latido. Veronica clica. Naquele ambiente de muita luz, o gato preto em movimento cria um contraste interessante. O cão, com a boca aberta e os olhos arregalados, retesa os ombros e põe seu peso nas patas dianteiras, a parte inferior ainda em repouso numa transição grotesca. Um segundo depois estará perseguindo o gato, porém nesse momento ainda não processou toda a informação que a imagem e o cheiro do gato certamente provocam em seu cérebro. O vendedor, despertando de seu torpor, não sabe para onde olhar, o jornal ainda na mão e suspenso no ar, o corpo a iniciar um movimento para a frente, a cadeira desequilibrando-se do poste. Em segundos estará alerta. Vai se levantar e bater no cão com o jornal, tentando evitar que persiga o gato? Um dos meninos já antevê a perseguição com um meio sorriso maroto, vai correr atrás dos bichos, ou se aproveitará para tomar posse da corda e ganhar a parada. O outro menino, de costas para o gato, começa a torcer o ombro, prestes a se virar. Um milésimo de segundo fará a diferença entre vitória e derrota na batalha pela corda, o tempo do acaso ou do destino. Veronica clica de novo. A cena congelada é um enigma, a fotografia é uma aberração que suga a alma do acontecimento e liberta-o de sua banalidade. Alguém será um dia capaz de descrevê-la, isolar seus elementos, compreender como se relacionam? Aqueles que virem essa foto no futuro, sem saber que rua é essa, sem sentir o sol tímido da primavera na pele, sem ter ouvido o latido do cão ou ter visto o escapulir do gato, estarão diante de um enigma que se abrirá para conjecturas, nunca para uma solução. Mesmo Veronica, tendo visto tudo, não conseguirá descrever a natureza do sentimento que lhe provocou, exceto a surpresa. Com o passar do tempo será um crepúsculo. Dali a muitos anos, quando todos estiverem mortos, quando aquelas casas houverem sido substituídas por prédios modernos, quando as pessoas que transitarem pelas ruas estiverem bem vestidas, quando não houver janelas abertas nem camelôs preguiçosos, nem cães soltos nem gatos perdidos, quando uma corda qualquer não for mais um objeto de disputa entre dois meninos, então essa foto será o luto das pessoas anônimas que viveram intensamente aquela cena, e todos que a virem poderão respirar a alegria de estarem vivos.

Veronica segue adiante, anda mais três ruas, a boca seca. Entra num bar, alivia um pouco o peso dos ombros, senta-se e pede um copo d'água. Está absorvida pela cena que presenciou, o pensamento voando por ali. Então, acontece aquilo. Ao se levantar para sair, um homem vindo do fundo do bar esbarra nela com força e a derruba no chão. Na queda, ela tenta proteger a câmera com a mão direita e dobra o antebraço esquerdo para resguardar o rosto. Desaba de forma nada graciosa e fica ali no chão por uns instantes, atordoada. Antes que possa entender o que aconteceu, o homem agarra-a com força e a puxa para cima. Ela não vê seu rosto, preocupada em verificar se a câmera está intacta. Vê a mão que puxou seu antebraço, grossa, com uma penugem negra. A outra mão aperta seu ombro com firmeza. São mãos sólidas, a pressão intensa deixa-lhe um dolorido na pele que não passa.

Quando Veronica fica em pé, o homem já deu meia-volta em direção à saída, sem nem murmurar desculpas. Ela pode vê-lo de costas: é alto, de pele morena, usa um paletó xadrez verde e vermelho, ela nunca tinha visto um assim. Não teve tempo de fotografá-lo, e, mesmo que tivesse, não teria como registrar as cores daquele paletó. Para ela, a cor nunca tinha sido um elemento importante até aquele momento, tudo era sempre preto e branco. Perturbada,

Veronica sai apressada, sem rumo. Carrega no corpo a memória do esbarrão, do baque no chão e principalmente daquelas mãos que a agarraram e a puxaram para cima. As mãos do homem lembram o pescoço áspero do velho do ônibus e a textura da corda pela qual os garotos brigavam, uma lixa a arranhar sua epiderme. O corpo todo dói, sente uma vitalidade esquisita, como se tivesse sido acordada de um sono comprido. Sua cabeça lateja e dentro dela vê lampejos de verde e vermelho. Não se conforma por ter visto apenas fragmentos de uma cena da qual foi, finalmente, protagonista.

Decide caminhar de volta para casa. Precisa respirar, acalmar-se. Aos poucos, é tomada por outras lembranças da infância, ao chegar de volta a Nova York com sua mãe. Um ar abafado, ruas cheias de gente, muito barulho. Um prédio decrépito, uma escada comprida e ensebada que ambas subiram. Nada era muito nítido, como num negativo mal revelado. Algo a aterrorizava na entrada do prédio, à direita da escada, num canto escuro. Uma pessoa a se equilibrar numa cadeira recostada na parede, tal como o vendedor de bilhetes da foto. Veronica apertou a mão da mãe com força e depois subiu na frente correndo. Sentiu uma coisa invisível atravessar seu corpo, não sabia o que era.

Passa o resto do dia arrumando suas tralhas, vagarosamente, de forma mecânica. Não pensa em mais nada.

3

Naquela noite, Veronica teve um sono agitado. Sonhou que andava pela beira de um lago. Sobre o espelho d'água havia uma fina camada de névoa. A brisa rodopiava a névoa em círculos, ela estava de branco e seu vestido também ondulava. Em volta havia um conjunto de colinas muito verdes, ela estava descalça. Joaninhas subiam por seus pés, que formigavam. Ela correu pela beira do lago e chegou num bosque de bétulas. De repente, encontrou um animal branco, de porte elegante, trote enérgico, mas suave, que transmitia graça e paz. Era um unicórnio. O animal se aproximou, deu algumas voltas no seu entorno e começou a subir a colina ao lado dela. Surgiu naturalmente entre os dois uma comunhão de afetos, nenhum mal poderia perturbá-los. O andar do unicórnio era silencioso, nada se ouvia além do sibilar da brisa. Os corações dos dois batiam em uníssono, como se o coração do animal estivesse dentro dela. A subida da colina foi se tornando mais íngreme, as batidas do coração se aceleraram. A brisa circular se transformou num rodamoinho carregado de joaninhas que caíam sobre eles. A pele branca do unicórnio ficou salpicada de pontos vermelhos e sua respiração foi se tornando pesada. Aos poucos, o relinchar doce do animal foi se transformando em roncos e tornou-se um bramido forte. Seu corpo se abrutalhou, cresceu. O pelo branco coberto de insetos deu lugar a uma couraça cinza e áspera, desagradável de se tocar. Veronica se apavorou e acelerou o passo, tentando se afastar. O unicórnio agora era uma besta sem traços muito definidos a não ser o corpanzil e o chifre alongado. Veronica correu, momentaneamente conseguiu se afastar do monstro, mas logo foi tomada por um enorme cansaço. Suas pernas pesavam cada vez mais enquanto o animal se aproximava, narinas dilatadas, cabeça baixa, o corno apontado para a frente. Veronica, esgotada, caiu com o rosto na grama. Ouviu o bramido aumentando, sentiu o bafo a lhe queimar a nuca. Despertou num rompante, as mãos tapando o rosto, o pescoço torcido para o lado, não conseguia abrir os olhos. Suava. Naquele lugar entre a vigília e o sono, sentia o animal dentro do quarto, ouvia sua respiração, sua baba pingava. Decidiu levantar-se, mas suas pernas continuavam paralisadas. Ficou uma eternidade sentada na cama, pensando o que fazer.

Desde aquela noite, Veronica perdeu a vontade de fotografar. Continuou cumprindo suas rotinas com as crianças, executando suas tarefas com o esmero de sempre. À noite, dedicou-se a revelar compulsivamente, em seu pequeno laboratório, as fotos tiradas em sua última excursão pela cidade. A penumbra e os cheiros dos produtos químicos a deixavam num estado de suspensão, fora do mundo. Ampliou à exaustão detalhes das cenas fotografadas: os olhos exaltados da mulher que brigava com o companheiro, os pés inchados da vendedora de frutas, a corda disputada pelos meninos, o pescoço do velho, a figura tremida e fugidia do gato. Procurava uma resposta, qualquer uma. Uma pergunta a martelar na cabeça: "Quem é ele?".

Ao voltar da escola na sexta-feira, conversou com a patroa e avisou que ia deixar o emprego, tinha surgido um problema complicado na família, não deu detalhes. A patroa se surpreendeu:

— Foi alguma coisa que nós fizemos? Pelo amor de Deus, não nos deixe agora, não tenho como cuidar das crianças sozinha. Fique com a gente até que eu consiga alguém. Não fale nada para elas ainda!

Veronica se comprometeu a encontrar uma pessoa para o seu lugar. Procurou suas conhecidas da praça e, sem muitas explicações, ofereceu a vaga:

— O emprego é bom, o pagamento é razoável, o quarto é confortável e ninguém se mete na sua vida. Tem duas folgas na semana e um tempo livre todos os dias. Se quiserem, ou souberem de alguém...

Não demorou muito a achar uma jovem interessada, bem-disposta e educada. Tinha boas referências, a patroa gostou da candidata logo no primeiro encontro, foi mais rápido do que pensou.

A conversa com as crianças foi mais difícil.

— Vou precisar viajar para a terra da minha família na França. É longe, não sei quando volto. A moça que vai chegar é boazinha. Ela é engraçada, vocês vão gostar dela.

— Poxa, Vê, a gente não quer que você vá embora. Por que você não vai de avião? Aí você pode voltar rápido.

— Não posso. Eu tenho muitos parentes lá, preciso ficar um tempo com a minha avó. Ela está com saudades de mim.

— Essa moça nova também tira retratos?

—Acho que não, mas tem tanta coisa melhor pra se fazer, não é?

4

Veronica se mudou ao final de uma semana intensa de trabalho. Organizou e empacotou todas as suas coisas: fotos, livros, negativos, recortes de jornal, roupas, todas as desimportâncias que tinha acumulado. Não se desfez de nada, enfiou tudo em malas e caixas, um volume razoável para uma pessoa simples como ela. Tudo tinha valor, qualquer besteira ganha importância na solidão, afinal não se tem a quem perguntar "você se lembra?", ninguém para ressuscitar a chama das coisas vividas. A bagagem dos solitários é sempre grande.

Em poucos dias conseguiu encontrar um pequeno apartamento de quarto, cozinha e banheiro a um quarteirão do bar em que tinha acontecido aquele encontro inusitado. Pagou três meses de aluguel adiantado e, segundo seus cálculos, teria economias para viver um tempo sem trabalhar. Pouca coisa coube na casa nova. O que não foi para um depósito ficou amontoado pelos cantos. O espaço todo era ocupado por cama, mesa, cadeira, o armário pequeno, fogão de uma boca e a geladeira minúscula. A câmera fotográfica ficou na prateleira mais alta, enrolada num pano. Não havia lugar para um laboratório de revelação, tão mínimo era o banheiro, mas com isso já não se importava. Ao final da mudança, comprou o básico — copo, talheres, panela, toalha e uma ampulheta. A ampulheta foi um impulso, viu num brechó e achou bonita, mas não tinha nenhuma intenção de controlar a passagem do tempo. Intrigou-se com a areia que muda de lugar, compensando de um lado o que perde do outro. Deixou-a no centro da mesa. Era grande e destoava do ambiente. Cansada, jogou-se na cama com o peso do mundo nas costas. Dali via a ampulheta, na sua tarefa constante de liberar areia de um compartimento para outro, e se acalmava. Os dias de apatia de antes da mudança tinham terminado, Veronica sentia que agora tinha uma missão a cumprir. Qual seria? Ia descobrir. Tirou os sapatos e dormiu de roupa e tudo.

No primeiro dia de vida nova, deixou as fotos recentes debaixo da ampulheta e saiu cedo para explorar o bairro. Não levou a câmera. Percorreu as ruas próximas prestando atenção nos prédios baixos, nas lojas, nos pequenos hotéis e terrenos baldios. Numa papelaria, comprou folhas grandes de papel, dessas de fazer embrulho, uma régua e lápis de cor. Ao anoitecer, entrou no restaurante para um espaguete com almôndegas e comeu vagarosamente. Voltou para casa, pôs sobre a mesa uma folha e tentou reproduzir o roteiro percorrido durante o dia. Antes de dormir, lembrou-se do letreiro do restaurante: Pluna Ronar. "Que diabo de nome é esse?"

Assim foram as semanas seguintes, movidas por uma euforia triste. Sair cedo depois de uma xícara de café, andar pelas ruas, observar, memorizar detalhes. Comer alguma coisa num vendedor ambulante, descansar num banco de praça, prosseguir em círculos concêntricos em torno do seu apartamento, que se ampliavam à medida que ela ganhava segurança. Cada fim de tarde acabava no Pluna Ronar, e à noite gastava horas reproduzindo as ruas no papel e assinalando pontos que lhe chamaram a atenção. Emendava as folhas de papel, e assim foi criando um mapa que já transbordava pela cozinha.

Durante suas caminhadas, Veronica não falava com ninguém, apenas respondia com um breve aceno de cabeça aos cumprimentos das pessoas do bairro, curiosas com a presença daquela mulher estranha a perambular por ali. As fofocas em torno dela já circulavam na vizinhança. Era mãe solteira e tinha perdido sua única criança no bairro. Era fugitiva de um crime, na verdade tinha assassinado o marido em outro estado e usava um nome falso. Era uma dona de casa que viu o marido matar o filho do seu primeiro casamento, se desesperou e fugiu. Era uma imigrante que tinha perdido toda a família num incêndio em outro país e chegou ali com a roupa do corpo. Todo mundo concordava que, fosse qual fosse a história verdadeira, era uma doida mansa, mas sabe-se lá o que seria capaz de fazer se provocada. Pessoas que viam passar seu rosto sem

A Sexta Estação 31

emoções não podiam imaginar o nó na garganta, a falta de ar, o turbilhão interno que nem ela mesma entendia. Aquele buraco no peito, o precipício interno que engolia tudo em volta e doía. Só a visão da ampulheta acalmava o furor interno e restaurava no seu rosto uma calma diferente do mármore.

5

O Pluna Ronar era um bar comum, desses que existem em qualquer cidade grande. Calorento, envelhecido. Uma cozinha escondida preparava refeições rápidas e limitadas ao que estava escrito a giz num quadro-negro à entrada: espaguete com almôndegas, saladas, sopa de legumes com macarrão, coxas e peito de frango ensopados, torta de carne com purê de batatas, omeletes. Podia-se comer nas pequenas mesas espalhadas no corredor largo ou no balcão do bar. Da cozinha ouvia-se o barulho de panelas e sons abafados. A presença humana lá dentro só era percebida por um braço que saía de uma abertura na parede para tocar uma campainha e passar os pratos. A clientela conversava pouco, não se pode dizer que fosse um lugar alegre. A maior parte dos frequentadores vinha sozinha ou em dupla, comia depressa, uns poucos se deixavam ficar no bar com uma bebida. No fundo do corredor, depois do banheiro, havia uma antessala escura que dava para uma porta. Dali, entrava e saía gente regularmente, pessoas silenciosas, muitas delas fumando, algumas paravam no bar para um último gole. Veronica virou freguesa assídua. Não tinha vontade de buscar nenhum outro lugar para se alimentar. No Pluna Ronar ninguém a incomodava, sentia-se cada vez mais em casa. Volta e meia esticava o olho para a penumbra do fundo do corredor para não ser surpreendida pelo paletó xadrez verde e vermelho. Era dali que ele tinha surgido.

Ela ocupava sempre a mesma mesa e já havia percorrido todo o menu do quadro-negro mais de uma vez. Os frequentadores também não mudavam, vários deles a reconheciam e lhe faziam um aceno de cabeça, como se ela tivesse sido aceita por uma sociedade secreta. Passou a reparar num homem que chegava sempre no final do seu jantar, circulava pelo estabelecimento, entrava na cozinha, cumprimentava alguns fregueses, se deixava ficar por um tempo no bar e ia embora. Certa ocasião, o homem pediu licença, sentou-se à sua mesa, fez comentários ocos sobre o clima e apresentou-se como proprietário do lugar. Nuno já havia notado a presença de Veronica ali outras vezes, perguntou se gostava da comida, se era bem atendida, o que fazia, onde morava. "Sabe como é, gosto de conhecer nossos clientes, saber se têm alguma sugestão para a casa, se precisam de alguma coisa." Sabia de antemão que Veronica era uma vizinha próxima, que andava sem objetivo definido pelas ruas do entorno, já tinha escutado todas as histórias da estrangeira louca.

No entanto, vendo-a sentada ali, comendo com bons modos, percebeu que podia não ser nada disso, afinal, era bem-apessoada e poderia ser até elegante se não fossem as roupas antiquadas e as botas grosseiras.

Veronica foi respondendo aos solavancos:

— Estou de férias. Sou fotógrafa. Estou registrando a memória do bairro para um livro. A massa poderia ter mais carne. A sopa de legumes tem sempre pouco sal. O serviço é lento, podia melhorar. — Olhava nos olhos de Nuno de relance, sem empatia.

Nuno pediu para ver as fotos, ela engatou uma desculpa e mudou de assunto. Terminaram a conversa com palavras cordiais, apesar do começo truncado.

A partir daquele dia, Nuno passou a dirigir-se a ela regularmente. Os diálogos foram ficando mais fluidos, Nuno falava de acontecimentos banais da vizinhança, Veronica arrematava com algum comentário curto. Contou dos frequentadores que penduravam as contas e de como ele contornava essas situações para ressaltar o jogo de cintura que precisava ter com a clientela. Certa noite, Nuno esticou mais a conversa. Disse que o Pluna Ronar era um estabelecimento tradicional no bairro, existia há quarenta anos, era parte da história da região. Tinha sido chique, empobreceu junto com as famílias em volta, havia perdido um pouco a qualidade da comida e do atendimento. Nuno tinha planos para fazer o lugar voltar aos bons tempos, sentia no ar sinais de renovação no bairro, com novos moradores chegando e prédios sendo reformados. Sem que fosse interrompido, ele mudou de tom, assumindo com mais clareza seu papel de patrão. Ia precisar de alguém que o ajudasse nas mudanças do restaurante, uma pessoa discreta, inteligente e observadora. Quem sabe ela gostaria de ajudá-lo no negócio?

— Prestar atenção nos detalhes é muito importante — ele explicou. — É isso o que um fotógrafo faz, não é?

Bastavam algumas horas por dia à tarde, ela poderia acumular as funções de caixa e atendente, cuidar dos clientes e, segundo as palavras do próprio Nuno, "manter um olhar zeloso sobre a casa". Seria uma forma de se aculturar mais na região.

— Quase um estudo antropológico. — O homem sorriu. Ele percebeu que Veronica tinha alguma cultura e que se orgulhava disso, achou que o comentário poderia agradá-la. Ela ficou de pensar.

Veronica, num primeiro momento, achou a proposta estapafúrdia, não conseguia enxergar o que Nuno tinha visto nela, não atinava onde aquilo podia dar. Porém, aquele lugar a atraía. Aceitou o convite com a condição de que pudesse comer de graça, não trabalhasse mais do que cinco horas por dia e tirasse duas folgas na semana. Nem discutiu o pagamento, concordou com a primeira oferta. Começou logo, pegaria das duas da tarde às sete da noite. Rapidamente aprendeu o serviço: dava um boa-tarde aos clientes, mostrava o cardápio no quadro-negro escrito a giz e anotava com presteza os pedidos. Sua presença trouxe sobriedade ao ambiente. Conversava pouco, não ria das piadas e sorria de forma protocolar sempre que um freguês saía. Reclamava secamente com o cozinheiro sobre qualquer erro no pedido ou quando um prato vinha malfeito. Todos a respeitavam, "tinha postura", como disse depois Nuno. Seja lá por qual motivo, a presença de Veronica e as melhorias no restaurante estimularam a curiosidade dos frequentadores e começaram a atrair gente nova e fregueses antigos que já não iam lá havia tempo.

Veronica foi perdendo o entusiasmo com as caminhadas matinais. O mapa de papéis colados foi abandonado num canto. Continuava a visitar as ruas que tinham lhe chamado mais atenção, a parar numa esquina ou outra. Observava os tipos humanos, todos eles. Nuno tinha razão, estava acontecendo uma renovação no lugar. Construções, prédios em reforma, moradores novos com aparência mais próspera. Esmiuçava o conteúdo dos caminhões de mudanças que chegavam: em cada par de sapatos ou brinquedo de criança vinha junto o espírito do tempo a sussurrar modernidade, a envelhecer mais depressa o presente. Uma evolução paulatina se dava também na forma como a vizinhança percebia Veronica. A lenda sobre a louca das ruas deixou de causar interesse. Ela mesma sentia um certo desafogo, a respiração já não ficava presa no alto do peito. Descansava mais, lia o jornal do dia com vagar. Deixava-se levar pela visão da ampulheta, sua angústia se esvaía vendo a areia escorrer. O que atraía sua atenção era o fascínio do próprio movimento de liberação da areia, contínuo e silencioso, saber que isso em algum momento terminava e que ela tinha o poder de reverter tudo ao virar a ampulheta ao contrário, era uma forma de recomeçar.

A SEXTA ESTAÇÃO 37

A ampulheta não era a finitude do tempo, era sua permanência. Tudo depende de como a gente olha.

Passados alguns meses, sua nova rotina já estava bem estabelecida. Acostumou-se a jantar no balcão depois do seu turno. Nuno chegava em seguida, se aboletava no assento ao seu lado, perguntava como tinha sido o dia, se tinha corrido tudo bem na cozinha, se os clientes estavam satisfeitos, como estava o caixa. Veronica respondia objetivamente. Nuno às vezes fazia confidências pessoais, deixava escapar alguma coisa da família, da mulher, na tentativa de criar um ambiente de confiança. Certa vez, comentando sobre o cardápio do Pluna Ronar, Veronica se referiu de passagem a comidas que sua avó fazia na sua infância na França, um certo molho de que gostava muito e que poderia combinar com o frango assado da casa. Ia tentar essa nova receita com o cozinheiro, seria bom introduzir sabores mais atraentes no cardápio.

Assim escorriam os dias. O trabalho do restaurante lhe dava uma sensação de controle que nunca tinha sentido. Apreciava agora seu lado enigmático e o estimulava, percebia que isso impunha respeito. Aprendeu a dar ordens, o que antes fazia apenas com as crianças. "Essa mesa está muito bamba, precisa ser consertada." "Precisamos de mais troco no caixa no início do meu turno." "O ajudante de cozinha se esconde nos fundos e cochila enquanto finge que descasca batatas, ouvi alguém dizer que ele tem um emprego noturno de vigia." "Quando a parede do fundo do bar será pintada? Está cheia de fuligem e toda engordurada." As conversas com Nuno eram sempre diretas. Veronica já gostava de ouvir a própria voz.

Certa noite, abriu o armário e viu sua câmera fotográfica na prateleira do alto. Resolveu não mexer nela. Antes tão próximas, agora eram duas estranhas.

6

ENTÃO ERA QUASE INVERNO, os meses passaram sem deixar rastros. Durante esse tempo, Veronica superou todas as expectativas de Nuno. Criou-se entre eles uma relação de confiança, ainda que formal e sem muitas intimidades, condições tacitamente impostas por ela. Por isso, ficou incomodada quando Nuno surgiu certa noite com seu irmão Fuad para jantarem a três.

Veronica já tinha visto Fuad algumas vezes saindo daquela porta dos fundos do corredor para sentar-se no bar, era um tipo bem diferente de Nuno. Alto, cabelo escorrido, a camisa apertada insinuava os braços musculosos. Tinha um olhar agudo, dentes separados, sobrancelhas finas e um largo nariz que lhe tomava parte da cara. Se lhe fizesse um retrato, daria destaque às sobrancelhas, davam-lhe um tom apaziguador em contraste com a rigidez dos traços quadrados do rosto. Fuad e Nuno eram irmãos e sócios.

Fuad trabalhava atrás da porta no final do corredor, às vezes entrava por algum lugar nos fundos sem passar pelo restaurante, seu mundo era desconhecido dela e é sobre isso que queriam falar.

Os irmãos haviam herdado o Pluna Ronar do pai, já falecido havia anos, e continuaram a tocar o restaurante juntos. Nuno havia trabalhado com o pai desde criança, Fuad "tinha outras atividades". Veronica percebeu nas entrelinhas que entre Fuad e o pai tinha existido alguma desavença, mas não se atreveu a perguntar. Pouco depois de começarem a dirigir o estabelecimento, Fuad propôs a Nuno entrarem em um novo ramo de negócios: jogos de azar. Tinha trabalhado num cassino ilegal, sabia tudo sobre aquilo, conhecia as pessoas certas, num estalar de dedos podia montar uma casa de jogos. Garantiu que o lucro seria grande e o risco, pequeno. Logo alugaram um depósito, vazio havia muito tempo, na parte de trás do Pluna Ronar, depois de um bom acordo com o proprietário. Uma parte do dinheiro deixado pelo velho cobriu os gastos com a reforma e a compra dos equipamentos. Abriram aquela porta depois do corredor para juntar os dois negócios, um arranjo para se poder entrar e sair do cassino por dentro do restaurante sem chamar muita atenção. Instalaram mesas de jogos de cartas, roleta, um guichê para venda de fichas e um bar. Fuad trouxe alguns colegas do outro emprego: um caixa, operadores de mesa, um crupiê, um barman e um segurança. O salão tinha um tamanho suficiente para não chamar atenção. Estavam funcionando assim com tranquilidade há anos e há algum tempo o lucro dos irmãos vinha mais do cassino ilegal do que do restaurante. Recentemente tiveram a chance de ampliar o espaço incorporando a área de uma antiga marcenaria abandonada que era vizinha de parede do cassino.

— Você sabe — disse Fuad —, o bairro está crescendo, agora tem muita gente fina, vem também gente nova de outras partes da cidade e vamos ter um lugar maior com conforto pra todo mundo.

Veronica ouvia a história sem dizer nada e sem saber direito aonde eles queriam chegar.

— Vamos abrir o novo lugar daqui a um mês — continuou ele. — Vou precisar de uma pessoa de confiança pra me ajudar a tocar o salão. Nuno gosta de você, disse que está ajudando a levantar o restaurante. Pensamos em te levar pro cassino para uma experiência.

Ele deu então uma longa pausa e deixou propositalmente surgir um silêncio desconfortável para melhor observar a reação de Veronica. Ainda não tinha certeza de que aquela era uma boa ideia.

— Não precisa conhecer o negócio — continuou ele —, você é inteligente, vai aprender rápido. Ter uma pessoa nova circulando, olhando tudo com atenção, já vai fazer diferença, o pessoal vai notar que as coisas estão mudando. Pode ficar tranquila que vou ensinar tudo desde o começo. Não quero mais ter um segurança dentro do salão. Isso intimida as pessoas. Ele vai ficar na rua de trás, pronto pra resolver o que for preciso. Tudo muito discreto. Eu vou continuar a comandar o barco. Se não der certo, você volta pro restaurante.

Na casa da avó de Veronica, na França, se jogavam cartas aos fins de semana. Vinham parentes do campo e conhecidos do vilarejo para jogar. Veronica e a prima mais velha ajudavam na cozinha com os preparativos. Depois que os convidados chegavam, elas iam para suas camas e de lá escutavam o movimento. Volta e meia o jogo terminava em confusão. Com o passar das horas o barulho aumentava até que sua avó desse tudo por encerrado e caísse o silêncio. Veronica se espantava ao ver como a avó se transformava nessas ocasiões. Aquela senhora pacífica, religiosa e brincalhona sentava-se à mesa e jogava a sério por horas. Às vezes, as meninas escutavam sua voz ríspida reclamando de alguém. "As pessoas são esquisitas", pensou Veronica. "Elas não são como a gente acha que são, podem mostrar um lado totalmente diferente dependendo da situação. Eu vi uma vez minha avó cochichar maldosamente com uma tia, não ouvi o que diziam, mas notei nela um olhar de raiva que não conhecia. Se eu tirasse uma fotografia da minha avó em cada uma dessas situações, seriam pessoas diferentes. Como capturar quem ela era de verdade?" O pensamento divagava enquanto Fuad falava das várias modalidades de jogos de carta que o Pluna Ronar escondia. Por fim, respondeu:

— Tudo isso é muito novo para mim. Vou pensar... Podemos continuar a conversa amanhã? — E, com isso, levantou-se, esbaforida, e correu para casa.

Conversaram de novo dois dias depois. O dinheiro era bom. O trabalho começava no fim da tarde sem hora certa para terminar. Continuaria comendo de graça. A atividade

44 *Jorge Nóbrega*

era ilegal e poderia ter riscos que ela não conhecia. Nada disso era importante. O que a fez aceitar a experiência na "oficina" — era assim que os irmãos se referiam ao cassino clandestino — foi o olhar de Fuad, o jeito como ele fechava as pálpebras de vez em quando, por alguns segundos, enquanto falava. Veronica ficou hipnotizada por esse hábito, curiosa em adivinhar o que Fuad via nesses instantes.

7

ALGUMAS NOITES DEPOIS, VERONICA acompanhou Fuad no cassino só para observar. Havia uma parede coberta por um tapume de madeira. Do outro lado, operários trabalhavam durante as manhãs na área de ampliação. Fuad explicou, excitado, que, quando tudo estivesse pronto, era só tirar o tapume e todos se surpreenderiam com o novo ambiente que surgiria como que por mágica. Veronica via pessoas sentadas, compenetradas, resmungando baixo, nada parecido com as confusões da casa da avó. Às vezes uma delas se levantava, ia ao caixa, trazia mais fichas, uma bebida. Alguém ia embora, vestia o paletó e saía pela porta dos fundos. Outro chegava e assumia o seu lugar. O ar era abafado, repleto de fumaça.

Veronica circulou entre as mesas com Fuad, que cumprimentou alguns frequentadores. Olhou com muito interesse para a roleta, era o lugar onde havia mais excitação, contrastando com a calma do crupiê, que dançava os dedos ágeis ao atirar a bolinha, a voz monótona ao suspender as apostas, o gesto mecânico de recolher as fichas, superior a todas as emoções do mundo. Era tudo bem profissional e ela ficou curiosa.

— Fotos aqui são proibidas — informou Fuad.

Que ironia, pensou Veronica.

Ela voltou mais vezes com Fuad e foi acostumando o olhar e os sentidos. A lotação era de trinta pessoas. Alguns homens estavam acompanhados por mulheres, seus perfumes se mesclavam com a fumaça de cigarro e o cheiro de álcool. Havia um chiado constante de vozes baixas entrecortado pela fala do crupiê ou pela exclamação de alguém que tinha ganhado em alguma mesa, os ruídos de fichas sendo arrastadas e trocando de mãos, o ranger seco do piso de madeira sendo tocado pelos sapatos, o arrastar da tranca de ferro do portão dos fundos, o chacoalhar de gelo nos copos, o sopro de ar renovado quando se abria uma porta. Veronica sentia-se ao mesmo tempo deslocada e pertencente àquele universo.

Nuno a observava conforme evoluía no seu aprendizado e percebeu que os incômodos de Veronica amoleciam à cada visita. Ele a fez ver que precisava se vestir com mais elegância para refletir a mulher que era, fina, educada, dona de uma elegância discreta. Adiantou dinheiro para que ela renovasse o vestuário e Veronica ganhou alguns dias de folga para cuidar disso. Ela viu numa banca uma revista que trazia uma reportagem sobre como se vestiam as mulheres que trabalhavam em escritórios. Devorou a matéria com a curiosidade de uma criança que lê sobre dinossauros. As fotos em posturas estudadas e com iluminação perfeita mostravam peles sedosas, cabelos cuidadosamente arrumados, sorrisos confiantes e, é claro, roupas elegantes de cores suaves que se harmonizavam. Havia alguma ciência por trás daquilo.

No dia seguinte, resolveu percorrer as lojas do centro e prestar atenção nas roupas das pessoas que andavam pelas ruas mais chiques da cidade. Tinha vergonha de entrar nos provadores, conseguiu comprar apenas um conjunto de saia e blusa igual ao que tinha visto na revista e voltou cedo para casa. Guardou a roupa nova no armário e percebeu o contraste com as antigas, já não se via mais calçando as botas velhas ou usando o casaco verde. Tomou um banho e deitou-se nua a observar a ampulheta. Seu corpo era uma novidade também, não tinha lembrança do que era vê-lo, tocá-lo, dar-se conta de que era seu, espantar-se por ter um corpo. Imaginou-se escorregando pelo orifício que une os dois compartimentos da ampulheta, a areia áspera e quente, o contato abrasando sua pele. Mergulhou no vazio da parte inferior, o corpo se desfazendo em minúsculos grãos. Ao final, não havia mais corpo, havia mil Veronicas em pedaços deslizando pelo vidro. O corpo era o próprio tempo desfeito.

Acordou diferente. A primeira coisa que fez foi experimentar a roupa nova, e deu-se conta de que precisava de um espelho. Comprou num brechó ali perto um com moldura prateada, quase da sua altura, e o instalou no corredor de entrada do apartamento. Olhava de uma certa

A Sexta Estação   49

distância sua imagem inteira e chegava mais perto para investigar detalhes. Caminhava, virava o rosto, explorava ângulos. Sentia agora que tinha um corpo e via que tinha uma imagem. Era extraordinário pensar que ambos, seu corpo e sua imagem, tivessem sido elementos tão secundários na sua vida até então.

Partiu para as lojas do centro novamente, decidida a comprar uma coleção completa de roupas conforme havia aprendido nas revistas: blusas de cor pastel que não fossem chamativas, saias de tecidos leves, cardigãs de malha fina, um paletó mais encorpado de ombros estruturados, um sobretudo de inverno, sapatos de meio salto e echarpes. Nem sabia como aquilo tudo caberia no armário minúsculo. Passou o dia indo de loja em loja experimentando coisas. O dinheiro de Fuad não seria suficiente, ela teria que complementar com a sua poupança. Trouxe tudo o que queria, voltou carregada. Veronica nunca tinha atentado para a existência das echarpes e comprou várias, coloridas, e praticou diferentes formas de amarrá-las no pescoço. Eram as únicas peças verdadeiramente alegres no seu novo guarda-roupas, cores quentes que se destacavam no quadro geral da imaginada sobriedade elegante. Empacotou quase todo o vestuário antigo, incluindo as botas pesadas e o que mais estivesse ocupando espaço. Titubeou sobre o que fazer com os mapas das ruas do bairro cuidadosamente desenhados e colados. Enrolou-os nas folhas em branco que haviam restado caso um dia precisasse daquilo. Deu um jeito de levar aquela tralha toda para o depósito, o apartamento já não comportava mais nada. Acima de tudo, não queria misturar as coisas, não queria que os objetos velhos fossem testemunhas da sua mudança.

Nos dias que ainda lhe restavam livres, dedicou-se a experimentar combinações de roupas e a avaliar no espelho seu novo visual. Tinha que fazer alguma coisa com os cabelos, não sabia ainda o quê. Não tinha coragem para maquiagem por ora. Tudo parecia uma espécie de fantasia, era ela e ao mesmo tempo não era, tal qual uma brincadeira de esconde-esconde. Veronica convenceu-se de que podia encenar aquele novo personagem, assim como a avó encenava o papel de boa velhinha na cozinha, ou como sua antiga patroa encenava o papel de pessoa generosa e amiga para logo depois debochar dela com as amigas, a caipira estrangeira esquisita e masculinizada. No fundo somos todos traidores dos outros e de nós mesmos e nunca admitimos.

Chegou finalmente seu primeiro dia efetivo na oficina. Veronica sabia, desde que terminara suas compras, qual seria a roupa que vestiria, só não conseguiu se decidir sobre a echarpe. A dificuldade da escolha desse último detalhe a paralisou, uma desculpa para adiar sua entrada no palco, a encenação daquela peça para a qual havia ensaiado, preparado falas e imaginado a reação da plateia. Não tinha ainda o sentido do tempo e das pausas que os bons atores de teatro dominam com maestria. Quando já não podia se atrasar mais — a pontualidade era um atributo de que não abria mão —, Veronica pegou a primeira echarpe que viu e desceu as escadas. Surpreendeu-se com o toque dócil dos sapatos novos nos degraus. De agora em diante, ia ser desse jeito, o som martelado das botinas de calcanhar duro era passado. Podemos mudar assim, mudar de fora para dentro, por uma decisão racional de troca de gestos, roupas, falas? Ouvir atentamente o eco que vem do olhar do outro, aceitar que as reações alheias decidam quem serei? Seria uma mudança verdadeira? Quem é o juiz a decidir o que é verdadeiro? Afinal de contas, o tempo, sempre ele, não vai dar um jeito de misturar tudo?

Veronica entrou no Pluna Ronar, abriu a porta dos fundos e adentrou o cassino como se fosse a primeira vez. Fuad estava de pé próximo ao balcão e caminhou mais lentamente do que seria esperado em direção a ela, as finas sobrancelhas arqueadas. Não disse nada, apenas sorriu e cumprimentou Veronica com um beija-mão, um exagero meio debochado que ela recebeu como um elogio. Fuad a apresentou a cada um dos funcionários, explicou as funções da nova contratada como "relações públicas da casa", o que não esclarecia muita coisa. Fuad então retirou-se pelo portão de ferro e deixou o palco exclusivamente para Veronica. Não havia mais nada a dizer. Agora era só respirar fundo, vagar entre as mesas, registrar as reações à sua presença, cumprimentar cada um daquele seu jeito contido, a promessa de sorriso no canto da boca que nunca se cumpria. Fotografou tudo com os olhos, absorveu o que pôde.

Ao chegar em casa, os músculos do pescoço doíam e nem a sensação de dever cumprido serviu para relaxá-los.

8

A ROTINA DO CASSINO foi sendo tecida nas semanas seguintes segundo o estilo de cada um dos atores. Fuad circulava sempre impaciente, saía e voltava várias vezes sem avisar ninguém. Veronica percorria no mesmo ritmo vagaroso os espaços entre as mesas, parando de vez em quando no balcão do bar para dar uma olhada geral. Quando os dois se cruzavam, trocavam observações, como naquela noite:

— Hoje o negócio está bom, principalmente na roleta — dizia ele. — O importante é manter o pessoal empolgado para que as apostas continuem.

— Fuad, notei que as pessoas, quando não bebem, ficam contidas, apostam menos. A bebida as deixa mais soltas, e aí apostam pra valer. Mas, se bebem demais, isso também atrapalha, falam alto, perturbam os outros. E se esquecem de apostar.

— É isso mesmo. Aí é que está, a gente precisa controlar a situação com o bar, fazer a bebida chegar devagar em alguns, mais depressa em outros. Pra quem passou dos limites, tem que dar um chega pra lá. Tudo sempre na conversa, sem confusão, você sabe.

— Já percebi e estou acertando isso com o barman e os garçons, vou sinalizando. Olha aquele ali, já começa a falar alto...

— Vai lá e dá um jeito. Vou ficar olhando daqui. Se ficar complicado, chego junto.

Foi uma espécie de primeiro teste. Veronica se aproximou do homem discretamente. Ele já tinha uma certa idade, não era frequentador assíduo. Ela dispensou com um movimento de cabeça o garçom que vinha com um copo de uísque e pediu para o homem uma água gelada.

— Oferta da casa! — Ela sorriu.

O homem olhou para a moça parada ao seu lado, surpreso. Ela manteve o olhar fixo nos olhos dele, o sorriso curto congelado, impávida. Ele ficou meio sem jeito, disse que estava bem, titubeou e bebeu a água.

— Vamos torcer juntos nesta rodada. Daqui a pouco eu te trago um uísque com bastante gelo, afinal de contas, a gente quer todo mundo feliz aqui, não é? — Veronica falava baixo para que o pessoal do entorno não percebesse, e Fuad observava tudo a distância com atenção.

O homem estava meio constrangido, empertigou-se e aumentou a aposta, olhando de soslaio para Veronica. Perdeu feio.

— Não é meu dia... — comentou pastosamente.

— Quer que a gente consiga um táxi pra você? — sugeriu Veronica e foi caminhando ao lado dele.

Ele trocou as fichas que haviam sobrado e saiu agradecido pelo portão dos fundos:

— Obrigado. Pode deixar, vou andar um pouco, respirar ar puro.

— Como o senhor quiser. Espero que volte. A oferta daquele uísque está de pé.

Fuad a observava de longe, admirado. Ela vai longe, pensou.

Veronica não bebia, nunca. Se havia algo que temia era a perda de controle. Sabia que tinha algo dentro de si prestes a escapulir, algo terrível, um animal numa caverna escura. Abrir a guarda, relaxar, seria colocar-se na fronteira do desconhecido. Às vezes desafiava aquela linha desenhada no chão, pisava nela, testava um pé do outro lado simplesmente para ouvir o rugido da fera. Isso a atraía e a revitalizava, mas ela tinha certeza de que avançar seria condenar-se.

Controlar o olhar era vital. Veronica sempre foi atraída pela imagem de um corpo. A câmera fotográfica era um álibi perfeito, algo que se interpunha entre ela e o corpo visado. O equipamento a protegia e criava uma justificativa para o seu olhar. A Veronica de agora era alguém que se demorava a observar indiretamente, evasiva, com o cuidado de não cruzar por muito tempo seu olhar com o do outro. Desenvolveu uma técnica de sobrevoo da visão, como se filmasse em plano aberto, aquelas tomadas panorâmicas que a gente vê nos filmes. Não era a mesma coisa que fotografar, pois não se permitia receber o impacto direto do olhar do outro e deixar-se perfurar por ele. Estava se acostumando com esses sobrevoos e percebia que podia apurá-los, extrair o suco das imagens de um jeito oblíquo. Era um avanço.

Olhava Fuad sem mirar diretamente nos olhos dele. Sabia que ele se sentia observado, mas, enquanto seus olhares não se encontrassem diretamente, ela não sentia medo, era sua zona de segurança. Fuad estimulava seu interesse: gestual às vezes contido, outras vezes exagerado, as veias do pescoço saltadas quando falava com mais veemência. Veronica gostava de olhar Fuad a distância, de perceber o sangue pulsante a carregar a potência de vida, algo da essência animal do ser humano. Veronica fixava certas cenas na memória para revelá-las detalhadamente em casa, depurá-las quando acordasse no meio da noite. Nunca se esqueceu de um desses fragmentos. Fuad tinha um cotovelo no balcão e a outra mão na cintura. Estava com o rosto virado na direção de alguém que entrava pelo portão dos fundos. Uma das sobrancelhas finas subiu como uma indagação, era uma mistura de surpresa e constatação, logo seguida de uma ponta de raiva. A mão visível se crispara e fechara, todo o corpo rígido, uma luta adivinhada. A boca, no entanto, não acompanhava o resto do corpo, mantinha-se suave. A pessoa que entrava segurou a porta ao ver Fuad, ficou por um momento estática, como se estivesse avaliando se dava sequência ao movimento de entrar no recinto ou se recuava. Aguardou um sinal mais claro, alguma coerência entre o que diziam a boca suave e as mãos crispadas do outro. As demais pessoas não perceberam a gravidade da situação, entretidas com o jogo ou com suas pequenas conversas. Quanto tempo aquilo havia durado? Cinco segundos, um pouco mais? O suficiente para que o obturador interno de Veronica fosse invadido por aquela luz clara da sala, que contrastava com a escuridão que vinha da porta semiaberta. Era uma cena dramática que resumia a disputa de dois animais por um território, o exercício de domínio e autoridade. A partir dali qualquer coisa poderia acontecer. Pouco importa o que de fato ocorreu. Lembrou-se dessa cena por muitos anos, mesmo que não conseguisse recordar-se do que veio depois. O recém-chegado recuou? Fuad foi em direção a ele? A porta finalmente foi fechada? Houve conflito ou simplesmente os dois se abraçaram, selando algum acordo? Nada disso realmente importava, a não ser a enorme dimensão daquele pequeno drama humano naquele instante.

Veronica aprendeu também a fazer o jogo da caça, de assumir-se como um corpo observado por Fuad. Foi um aprendizado rápido, o dos códigos visuais, das reticências, do desejo sugerido. Nunca, na sua vida anterior, Veronica tinha prestado atenção na existência desse vasto mundo de provocação de impressões, ela que tinha sido sempre a caçadora das imagens. Nunca havia se preocupado em deixar-se observar, apoderar-se do interesse do outro. Essa habilidade recém-adquirida tinha alguma coisa a ver com dominar a própria respiração, ter consciência de ser vista sem se exibir. Entendeu que para aguçar a curiosidade de Fuad não deveria, em nenhuma hipótese, buscar qualquer sinal de aprovação dele. Os diálogos e encontros entre eles não tinham mistério e Veronica estava muito longe de dominar a linguagem verbal da sedução, não pensava nisso e talvez não considerasse que seria um dia capaz de transitar nesse domínio. Avançava mesmo era na construção de cenas: a maneira como se dirigia aos outros, como caminhava, como cruzava os braços com o rosto ereto e movia lentamente a cabeça a percorrer o ambiente. E, a partir daí, quando captava algo que merecesse sua atenção, franzia de leve a testa, desfazia aos poucos o sorriso para atingir uma expressão neutra, aguçava os sentidos e se inclinava levemente para a frente, com foco total, sem perder a sensação de que era exatamente isso que a transformava no foco de Fuad.

Esse jogo duplo de emissão e captura de imagens, de um tango em que quem conduz também se deixa conduzir, evoluiu para uma espécie de código secreto conhecido apenas pelos dois dançarinos. Uma dança sem música e sem palavras, com seu próprio ritmo. Veronica avançava e recuava a testar os limites, uma forma de se alfabetizar na arte de lidar com o outro, mas não com qualquer outro. Com Fuad. Que nome teria isso? Curiosidade que se transforma em interesse, que vira atração, que vira necessidade de estar junto e por fim desejo? Ou é desejo desde o início que a mistura de afetos confunde e não permite chamá-lo pelo verdadeiro nome?

9

Três anos se passaram desde que Veronica havia posto os pés no cassino pela primeira vez. Os irmãos fizeram o investimento no momento certo e o faturamento do novo cassino cresceu além do esperado. A capacidade de Veronica de aprender e se adaptar àquele mundo impressionou Fuad e Nuno. Ela sempre mostrava curiosidade pelo nome "Pluna Ronar", que ninguém sabia direito de onde tinha surgido. Parece que o restaurante já tinha esse nome quando o pai o comprou, ele gostou e deixou ficar. Sem origem definida, parecia uma mistura de latim com alguma coisa nórdica, um nome que fazia a imaginação viajar.

— Precisamos aproveitar esse nome para criar um ambiente diferente dos outros, que os clientes só encontrarão aqui. — Ela propôs então aos irmãos de contratar alguém para criar uma decoração que evocasse uma origem misteriosa, um lugar exótico que inspirasse os novos frequentadores. Estes, com mais dinheiro e gosto mais refinado, apreciariam o ambiente tradicional carregado de lembranças, mesmo que inventadas.

Fuad e Nuno no início foram contra a ideia. Contratar um decorador, para eles, era jogar dinheiro fora. Veronica insistiu, garantiu que a despesa não seria tão grande, pediu um crédito de confiança, sabia ser tinhosa quando queria alguma coisa. Ela sempre lembrava que era preciso "manter a alma do Pluna Ronar", seja lá o que isso significasse. Os irmãos terminaram por concordar e acabou dando certo.

Os três criaram a tradição de almoçar juntos uma vez por semana. Numa dessas ocasiões, Nuno lembrou a Veronica de uma das primeiras conversas que tiveram:

—— Continuo querendo ver aquelas fotos de que você falou quando a gente jantou pela primeira vez. Afinal de contas, no que deu aquilo? Você ia fazer uma reportagem para uma revista, alguma coisa assim?

Veronica sentiu-se pega numa mentira, não via sentido em voltar a falar do assunto. Ficou incomodada com a lembrança daqueles dias, sentia-se outra pessoa então. Daria tudo para que a memória daqueles tempos iniciais fosse apagada.

— Todo mundo falava da mulher que andava pelas ruas olhando tudo, fuçando as casas. Afinal, você achou o que estava procurando? — continuou ele, meio debochado, meio brincalhão.

O comentário irônico de Nuno deixou um mal-estar na mesa. Veronica continuou calada. Fuad percebeu o clima e veio em seu socorro, segurando Nuno pelo braço:

— Para com isso, Nuno. Que mania de ficar olhando pra trás... As coisas só melhoraram desde que a Veronica chegou. A gente tem é que ficar esperto. O Pluna Ronar está chamando atenção, isso não é bom. Daqui a pouco vai surgir um concorrente. Além do mais, sabe como é, essa pressão da polícia...

Nuno calou a boca e Veronica aproveitou o vácuo:

— Eles vieram de novo anteontem. Entraram no cassino pela porta do restaurante, sentaram-se no bar e ali ficaram. Acho que sabiam que você não estava. Eu fiz questão de deixar os dois à vontade, depois fui lá puxar conversa, percebi que queriam mandar um recado. Eram os mesmos da semana passada, um alto e o outro, baixo. O baixo falava muito e o alto olhava tudo. Pediram documentos. O baixo ficou calculando quantas pessoas vinham aqui por noite, qual devia ser o movimento da casa, quanto lucramos, coisas assim. Eu mudava de assunto, falava de como as pessoas gostavam daqui, como era importante para o bairro, que era só diversão, não fazia mal a ninguém. Disse que a gente pagava impostos. No fundo, o jogo estimulava o movimento do restaurante. Eu falei que ruim é o crime nas ruas, aqui dentro não tem nada disso.

— É a segunda vez, né? — disse Fuad. — Sei bem como é isso. Na próxima, a gente tem que ter um papo mais reto. Eu já estava esperando, acho até que demorou. Vamos combinar direitinho o que fazer.

— Eles perguntaram qual era a sua rotina, quando você costumava vir aqui, a que horas... Acho que já sabiam, só queriam confirmar. Eu falei tudo, não tinha por que esconder. Disse para voltarem amanhã.

— Eles virão em dupla, e nós seremos dois também. Não vai ter nenhum papel escrito, então a gente precisa ficar esperto e deixar bem claro o combinado.

Fuad e Veronica acertaram qual seria a dinâmica da conversa. Os policiais certamente fariam os clássicos papéis do bonzinho e do malvado. Do lado de cá, Fuad conduziria a conversa e Veronica explicaria o funcionamento da casa, os problemas, ela tinha todos os números na cabeça. É claro que chegariam num acordo, o importante é que fosse um compromisso firme, que não pudesse ser rompido de uma hora para outra, precisavam de tranquilidade para trabalhar. Afinal de contas, tudo tem limite.

No dia seguinte, os policiais entraram pelo portão de ferro dos fundos examinando acintosamente todos os detalhes. Conforme o combinado, Veronica foi recebê-los e trouxe-os para uma mesa no fundo. Fuad chegou rápido. Enquanto Veronica cuidava de buscar as bebidas e alguma coisa para comer, o policial mais baixo foi direto ao ponto:

— Você sabe que isso tudo aqui é ilegal e não era nem pra gente ter esta conversa. Na semana que vem vamos fechar tudo.

Fuad não esperava uma abordagem tão agressiva, ficou irritado:

— Se vão fechar, estão esperando o quê? Fecha de uma vez! — A frase caiu mal. Era para ele ter sido apaziguador, quase suplicante. Fuad, pavio curto, por mais que tentasse, não era bom nisso.

O policial mais alto deu um tapa estudado na mesa e virou-se para o colega como se Fuad não estivesse ali:

— Eu não disse que com essa gente não tem conversa? Tem que atirar primeiro e perguntar depois. Gente folgada. Vamos embora.

Do bar, Veronica viu as feições crispadas de Fuad, os dois visitantes se movimentando, um deles já de pé. Correu com as bebidas, sentou-se à mesa pedindo desculpas pela demora.

— A comida está chegando. Pedi uns sanduíches do nosso restaurante, vocês vão gostar. — Fingiu que não tinha percebido o mal-estar reinante. — Se vocês quiserem ver o cardápio, temos coisas muito boas, fiquem à vontade.

Fuad se esforçou para baixar a temperatura da conversa e, a contragosto, se desculpou:

— Não tive a intenção de ofender vocês. É que fui pego de surpresa. O que a gente quer é um acerto que seja bom para todo mundo, queremos manter nossa casa funcionando, só isso... — Ele mastigou as palavras com a boca semicerrada, acompanhadas de um gesto de abrir os braços, a demonstrar rendição.

Essa foi a deixa para Veronica intervir de novo, de forma decidida:

— A gente entende o papel de vocês. No fundo, o nosso interesse é comum: manter a ordem na vizinhança, a segurança das pessoas, garantir diversão para todo mundo. A cidade precisa disso, todo mundo precisa se distrair, não é? Vocês vão concordar que o jogo não faz mal a ninguém, aqui não tem criminoso, é uma proibição que nem devia existir. Se pudesse, a gente regularizava tudo. O que queremos é a ajuda de vocês para continuar aqui, fazendo o que a gente sempre fez. Olhem aquele crupiê. Está há mais de vinte anos nesse negócio, é religioso, tem uma família grande. É justo tirar o emprego dele? O que nós podemos fazer por vocês para que tudo continue em paz?

Os dois se entreolharam. O baixo falou, virando-se para o colega: — Gostei da moça.

— Vamos fazer de conta que a conversa começou agora. Vou direto ao assunto, porque já perdemos muito tempo. — Ele escreveu um número num papel e o mostrou rapidamente para Fuad e Veronica. — É isso todo mês e não tem mais conversa.

Fuad arregalou os olhos e Veronica se adiantou:

— Certo, vamos ter isso como meta, mas vejam nossa situação. Tivemos muitas despesas com as reformas, agora é que começamos a ter lucro. Não dá para assumir um compromisso desses assim de uma vez, senão a gente fica no prejuízo, a casa quebra. Conforme as coisas forem evoluindo, podemos aumentar a contribuição. Podíamos começar com a metade agora, garanto que antes do fim do ano a gente chega nesse valor, não é Fuad?

— A Veronica é nossa sócia, minha e do meu irmão. Conhece tudo disso aqui, sabe todos os números. Se ela diz que dá, eu assino embaixo.

Os sanduíches chegaram. Os visitantes não disseram nada, mastigaram a comida em silêncio. Levantaram-se, foram até o canto do salão, cochicharam, sentaram-se de novo.

— Como eu falei, gostei da moça — comentou o mais baixo. — Vamos passar a tratar direto com ela quando viermos visitar vocês. Penúltimo dia do mês. Sem vacilos nem desculpas.

Os dois saíram sem despedidas.

Veronica então virou-se para Fuad:

— Vai dar, acredita em mim. Será preciso sacrificar um pouco o lucro, não vai ter jeito. Aos poucos, a gente cria intimidade, negocia de novo... Eles não vão matar a galinha dos ovos de ouro. E vão nos proteger de outros que podem aparecer por aqui. Fazer o que, são ossos do ofício.

Fuad sorriu, orgulhoso da sua criatura.

— Eu falei a verdade, quero que você vire sócia da gente, participe do lucro. Estou com a ideia de abrir uma segunda casa, uma coisa diferente. Não falei com o Nuno, mas tenho certeza de que ele vai concordar, afinal foi ele que descobriu você. Você não bebe, mas eu estou precisando de um gole.

Enquanto aguardava Fuad voltar do bar, Veronica saboreou o momento. Sentiu-se confiante, mais poderosa. Havia sido capaz de enfrentar um olhar ameaçador sem piscar.

Os policiais retornaram na data combinada, Veronica já os aguardava com dois envelopes na gaveta. Achou por bem aumentar um pouquinho o valor combinado para aquele mês, uma demonstração de boa vontade. Sentou-se com os dois numa mesa perto da porta dos fundos. Fuad passou rapidamente para cumprimentá-los e deixou tudo por conta dela. Falaram de forma breve sobre a necessidade de melhorar a segurança das ruas, de como a vizinhança estava mudando, do aumento do comércio de drogas, dos salários dos policiais, que não eram compatíveis com os riscos da função. Os homens saíram com os bolsos recheados, satisfeitos. Nada como um bom acordo.

10

Estimulada pela pequena participação na sociedade com os irmãos, Veronica decidiu buscar um apartamento maior, condizente com a sua situação atual, com suas roupas novas e com a visão que passou a ter de si mesma. Pensava nisso havia algum tempo: precisava de mais espaço, esbarrava nas portas e paredes, o espelho não tinha o distanciamento de que precisava, a vista das janelas era ruim e, acima de tudo, não tinha onde guardar direito as coisas que acumulava.

Encontrou um novo lugar a dois quarteirões do anterior, num prédio novo, bem construído. Salas de jantar e de estar conjugadas, dois quartos amplos, uma boa cozinha e um escritório. Era bem iluminado, as janelas da sala se abriam para uma pequena praça. Veronica nunca poderia imaginar como o sol fazia tanta diferença. Foi a luz, mais até do que o espaço, a razão principal da escolha daquele lugar. Havia até um cômodo para guardados. Comprou móveis modernos, com destaque para uma poltrona larga, de couro macio, com uma banqueta para esticar os pés. Mudou-se assim que pôde.

No primeiro dia de casa arrumada, sentou-se na poltrona de frente para a janela e deixou-se inundar de luz. Depositou a ampulheta na pequena mesa em frente, a luz do sol se fragmentava no vidro e se decompunha em feixes multicoloridos. Os fragmentos de cor brincavam na parede branca, a leve poeira em suspenso adquiria tons de amarelo, azul, verde e vermelho. Lembrou-se do paletó xadrez daquele homem, naquele dia distante, em outra vida. Podia ficar esparramada ali para sempre, podia morrer sentindo a pele aquecida pelo sol. Tirou a blusa, nua da cintura para cima, fechou os olhos. Os mamilos formigavam como pequenos seres com vida própria. Sentiu uma gota de suor escorrer por entre os seios e secar perto do umbigo. O medo era uma lembrança pálida naquele momento. Sentiu o medo secar. Nada mais importava.

Não demorou muito para Veronica ser conhecida como Madame Plunar, uma corruptela do nome do restaurante, que agora ostentava um letreiro iluminado na fachada escrito em letras cursivas a reafirmar a tradição há pouco inventada. Veronica era um dos elementos que davam personalidade ao lugar. Para ela, o letreiro na fachada era seu novo cartão de visitas, não mais a doida da rua. Os clientes perguntavam por Madame Plunar, dirigiam-se a ela assim. Ela gostava.

Veronica percebeu que frequentar o cassino era agora símbolo de status para alguns dos novos moradores do bairro e já atraía visitantes de outros lugares. Ela tinha um olhar atento para os novatos, quanto gastavam, como se vestiam, quanto tempo ficavam. Casais jantavam no restaurante e passavam ao cassino em busca da emoção das apostas. Havia a sensação de pequena transgressão por estarem jogando, um programa diferente que gostavam de contar para os amigos. Veronica conversava com as mulheres, elogiava roupas e joias, lembrava, com sua memória infalível, os nomes e as datas em que tinham estado ali.

Certa ocasião, um importante empresário da construção civil, um tal de sr. Tish, chegou no restaurante com a mulher e alguns amigos. Formavam um casal engraçado: ele, atarracado, ela, grande e farta. Ele era bem conhecido, responsável por várias construções no bairro. A noite estava movimentada, eles não haviam feito reservas e não havia lugar para todos. O sr. Tish era influente, diziam que tinha muita ambição e poucos escrúpulos, era muito envolvido na política da cidade. Nuno, que ficou sem saber como resolver o problema, mandou chamar Veronica no cassino. Quando ela viu a situação, armou-se de todo o jogo de cintura que havia aprendido:

— É um grande prazer tê-los conosco, gostaríamos de recebê-los de forma muito especial. Queremos lhes dar as boas-vindas com uma taça de champanhe aqui no bar enquanto preparamos um lugar especial para vocês.

Enquanto os convidados bebiam, improvisou uma sala privada num cômodo vazio, com mesas contíguas cobertas por uma grande toalha verde que criava um ar de banquete. Ela então retornou à área do restaurante:

— Queremos que vocês tenham uma experiência diferente, de sentar perto da nossa cozinha e acompanhar nosso chef enquanto ele prepara algumas surpresas para vocês provarem.

O que podia ter sido uma situação desconfortável, virou um sucesso. O sr. Tish se entusiasmou com a brincadeira, e o grupo passou um par de horas comendo e rindo alto. Quando se levantaram para ir embora, Veronica elogiou o empresário pelo trabalho que vinha fazendo no bairro, agradeceu o impulso que ele estava dando aos negócios e convidou-os a conhecer o "salão de jogos" para tomarem o último drinque. Os convidados ficaram impressionados com a organização e a categoria do lugar, principalmente a sra. Tish, que se entusiasmou com a roleta. Veronica deixou no ar como seria bom para todos se as autoridades tivessem um olhar mais simpático para as atividades da casa, recebendo uma piscadela cúmplice do sr. Tish. Muito animada, a esposa se derramou em elogios a Veronica:

— Madame Plunar está escrevendo com a gente a nova história do bairro!

Enquanto ela falava, o olhar de Veronica foi atraído por um broche de ouro com diamantes em forma de sol, a joia subia e descia no peito da mulher.

— Seu broche é muito bonito — foi o que conseguiu dizer, e a sra. Tish lhe passou ali mesmo o endereço do joalheiro.

— Ele tem coisas maravilhosas. Se quiser, vamos juntas.

Madame Plunar estava a caminho de virar celebridade local.

Naquela noite, Veronica sonhou com um seio enorme arfando dentro do seu apartamento, crescendo e invadindo os cômodos, deixando-a espremida em seu quarto, sufocada. Ela foi em direção à porta empurrando o seio gigante, que era surpreendentemente macio e não oferecia resistência. Aconchegou-se a ele, que estava aquecido pela luz do sol que entrava por todas as janelas. Ao acordar, jurou que iria visitar aquele joalheiro assim que pudesse.

11

O VERÃO AINDA NÃO tinha chegado, mas deu sinais naquele sábado. Veronica sentiu-se sufocada dentro de casa. Saiu rumo à parte mais antiga do bairro, onde as novas construções ainda não haviam chegado. Não fazia isso há tempos. Lembrou-se de quando fotografava as ruas, desenhava mapas, tudo tão distante agora. Teve uma súbita vontade de reviver um pouco desse hábito. Não se arrependia de nada do que havia feito nos últimos anos, apenas sentiu que precisava fazer as pazes com sua vida anterior. A gente deixa de ser quem foi, mas não quer abrir mão de certas coisas do passado, tem vontade de construir uma ponte entre o hoje e o ontem. Imaginou encontrar-se consigo mesma por acaso numa esquina qualquer, com aquela Veronica que foi um dia. Sobre o que conversariam? Teriam algo a dizer uma à outra? Ou passariam ao largo, sem nenhuma empatia, uma moça abrutalhada, malvestida, com uma máquina fotográfica na mão a olhar em volta aparvalhada? Como aquela figura ridícula poderia interessar à atual mulher segura, de ar superior? Talvez a Veronica de antes quisesse fotografá-la, curiosa de ver aquela mulher elegante num cenário empobrecido, um contraste entre a brutalidade do entorno e a nobreza da personagem. Quem sabe tomassem um café, com uma curiosidade inicial sobre a vida da outra, duas amigas de infância que se reencontram adultas? Está morando onde? Trabalha com o quê? Tem filhos? Casou-se? Lembrar de fatos e pessoas daquela época, alguns risos, logo depois viria a falta de assunto, o reconhecimento de que a distância é enorme, o presente não se interessa tanto assim pelo passado, é só curiosidade. Trocariam números de telefone sabendo que nunca mais iriam se reencontrar. É a vida.

Enquanto flanava sob essa nuvem de sensações, Veronica se deu conta de que estava em frente ao depósito onde havia deixado suas velhas coisas. Entrou sem pensar, pediu para resgatar algumas roupas, os livros, uma caixa com bugigangas e as fotos. Ao chegar em casa, espalhou tudo sobre a mesa de jantar, um quebra-cabeça em busca de um sentido.

Não teve paciência para olhar tudo. Fixou-se nas fotografias antigas de um campo com vacas, dia de sol, pessoas, ao fundo uma montanha, casas. As pessoas tinham um ar informal, pareciam fazer um piquenique. Sua avó estava lá, as crianças, as tias. Depois que saiu daquele lugar, quando sua mãe foi buscá-la, nunca mais falou daquele tempo, talvez ele nem tivesse existido se não fosse a foto a comprová-lo. Sua mãe nunca lhe deu uma explicação sobre a razão de ter sido deixada com aquelas pessoas durante tantos anos para depois ser resgatada de forma tão abrupta. Lembrou-se da escola, das crianças de roupas remendadas. Um dia, serviram-lhe leite estragado, Veronica vomitou em cima de um colega e levou uns tapas da professora. Tinha medo dela, era uma mulher alta e gorda que vivia se abanando. Veronica examinou sua figura a se alongar a partir das pernas, subiu o olhar para a barriga, os seios grandes, o pescoço, até chegar à cabeça distante perdida no alto, a boca se movimentando lá em cima, não conseguia entender o que dizia, só podia ser algo terrível, a boca de uma deusa má proferindo uma punição. Na foto do piquenique havia uma mulher alta e gorda, talvez fosse ela, despida dessa imagem aterrorizante. A cena imaginada é sempre mais dramática do que qualquer foto.

As lembranças daquele lugar voltaram com força. Viveu sua infância sem a presença da mãe, que existia para ela como uma figura etérea, uma lenda que os outros contavam, sempre com cuidado e de forma confusa. Era uma imagem esfumaçada, um sentimento que lhe aquecia o coração e a tornava especial. Sua mãe morava em Nova York, onde Veronica havia nascido antes de ser levada a cruzar o oceano ainda bebê para ser cuidada pela avó por motivos que nunca lhe explicaram. O lugar onde nascera era num país distante, onde se falava outra língua, onde havia coisas impressionantes que ali no campo nem se podiam conceber. Lá tinha ruas cheias de gente, casas empilhadas e muito altas, muitas luzes. Sua mãe trabalhava lá, casou-se com alguém de quem ninguém falava. Quando perguntava por que, ouvia: "Você não vai entender"; "Lá é um lugar muito diferente"; "Aquele lugar não é bom para crianças".

Os campos daquela aldeia perdida no Drôme eram bons para crianças. Andar pelos caminhos molhados após a chuva era o que ela mais gostava de fazer. Corria com os pés encharcados e pulava as poças, a rir e respingar água nos primos. Lembrou-se com saudades de como era ter o riso solto. Uma vez, empurrou uma prima numa poça de lama e achou muita graça. A prima se aborreceu e disse que ela não tinha mãe nem pai, que não era dali e que nem tinha o direito de morar com eles. Veronica pensava na mãe como alguém que a protegia a distância, muito elegante, pairando acima daquele lamaçal. Tinha certeza de que a prima a invejava, que todos a invejavam, inclusive os demais primos, que a olhavam em silêncio. Ela mirou vagarosamente cada um deles e falou, segura de sua condição superior: "Eu sei por que vocês têm inveja da minha mãe, ela não fica por aí cuidando das vacas. Minha mãe é perfumada". Deu uma pausa e repetiu com ênfase a afirmação que não podia ser confirmada nem contestada, mas que encerrava a polêmica: "Perfumada!". Ficou muito satisfeita com o que disse. Ela tinha visto numa revista um anúncio de perfume que mostrava uma moça bonita entrando num trem com um carrinho de bagagens, as roupas esvoaçantes, sua mãe era assim. Em seguida, deu meia-volta e seguiu caminhando para casa com o orgulho de quem vingara a própria mãe. "Quero ver agora repetirem isso."

Essa lembrança a fez pensar na sua mudança recente. Era agora a própria mãe perfumada, com malas e vestidos, respeitada numa cidade grande. Naquele tempo, não percebia que não tinha pai, não sentia falta, era muita gente morando na casa. Três tias, várias crianças, um primo mais velho que dormia no celeiro, a avó viúva. Trabalhavam muito e, quando chovia ou nevava, ficavam todos juntos na cozinha. O fogo estava sempre aceso, as pessoas vinham chegando e se colocavam em torno dele. Havia dias de jogos de cartas e dias de cantorias, comida direto da panela. Sempre barulho e gente por perto. O primo mais velho gostava de botá-la no colo e brincar com as suas tranças, passava-lhe a mão entre as coxas. Veronica tinha medo do primo, achava que queria matá-la. Fugia dele quando podia. Quando podia.

No fundo da caixa de bugigangas, Veronica achou um objeto pontudo, uma velha agulha de tricô enferrujada. Lembrou que a tinha roubado de uma tia e guardado na mala de papelão que escondia embaixo da cama. Tinha mais de um palmo de comprimento, um cabo grosso de madeira, corpo de ferro e a ponta curva na forma de um gancho. "Alguém podia querer mexer nas minhas coisas, eu me lembro de ter escutado histórias de ladrões que invadem as casas nas noites de verão em que as janelas ficavam abertas. São silenciosos, entram e saem sem ninguém perceber. Se encontram alguém acordado, ficam violentos. Quem vai me defender? Um dia, enfiei a agulha na barriga de um gato e, na hora de puxar de volta, o gancho se prendeu. Puxei com mais força e saíram as tripas. O gato gritou e esperneou, correu com as tripas para fora, balançando. Dois dias depois, eu vi o que sobrou dele. Tinha sido comido por bichos atrás de uma árvore. A arma funciona. Eu tenho coragem."

Não se lembrava do momento em que a coragem tinha ido embora, mas tinha certeza de que, por fim, estava de volta.

Uma tarde, depois da escola, minha avó me chamou e me fez sentar na frente dela. No início, ficou em silêncio, senti que era um momento solene. Ela falou que minha mãe vinha me buscar para morar com ela, que eu faria uma viagem muito longa, iria para a cidade onde nasci, Nova York. Mais não disse, ficou em silêncio esperando que eu falasse. Só que eu não falei nada, pensava na imagem da revista, da turista com as malas, e na roupa que eu ia usar na viagem. Minha avó se levantou da cadeira e envolveu minha cabeça entre os braços — foi só um instante, acho que era um carinho. Eu queria viajar com um vestido azul.

Minha mãe chegou, foi um grande acontecimento. Ela passou só duas noites na casa da minha avó, dormiu no meu quarto. Não era bem a imagem da revista, tinha uma cara mais cansada e a roupa não era tão bonita, mas cheirava de um jeito diferente, diferente de todas as outras pessoas da casa e do lugar, eu nunca tinha sentido aquele cheiro, era bom. Vieram uns vizinhos, minha avó fez uma panela de ensopado, todos queriam ouvir o que minha mãe tinha para contar. Ela falou da viagem cansativa, do navio, do trem, de como fazia frio e calor na cidade de onde vinha, falou de cinema — acho que ninguém ali tinha ido a um —, perguntou como estava cada um deles. Eu entendi que ela já não pertencia mais àquele lugar, era diferente dos parentes, mostrava curiosidade só por educação. Ali não acontecia nada de novo mesmo, só doença de um, morte de outro, quem nasceu, quem saiu, quem se casou, se a colheita ia ser boa ou má, ela não tinha mais nada a ver com aquilo. No dia seguinte, saímos cedo para uma cidade vizinha, depois pegamos um trem. Eu não tinha um vestido azul. Usei uma roupa cinza calorenta, minha mãe disse que eu tinha que viajar preparada para qualquer mudança de clima.

A viagem de trem durou algumas horas. Paramos numa estação maior onde ficamos por muito tempo até a noite chegar. Ventou à tarde aquele vento gelado do Norte, e eu pensei que minha mãe era muito sábia por ter me feito viajar de casaco.

Naquela espera na estação, sentadas nos bancos duros de madeira, minha mãe começou a falar. Perguntava se eu sentia saudades dela, se minha avó e minhas tias falavam dela, como eu me sentia com os primos, se sentiria saudades deles. Ela sentou-se de frente para mim e, quando falava, eu sentia o mistral saindo da sua boca, um bafo frio que me incomodava. Depois, passou a contar como seria boa a vida em Nova York e concluiu, solene, informando que eu finalmente ia conhecer meu pai. Fiquei muito surpresa ao ouvir falar do meu pai, ninguém tinha falado dele para mim, é como se nunca tivesse existido. Pensei que tivesse morrido ou fugido, como a história de outros homens da aldeia. Perguntei por que ele não tinha vindo com ela.

— Ele não pode, tem que trabalhar. Ele trabalha muito. Ele quer muito ver você.

Eu não conseguia imaginar como ele seria, baixo ou alto, gordo ou magro, sorridente ou carrancudo. Eu pensava naqueles homens do vilarejo, podia ser igual a algum deles, não conseguia desenhar um rosto. A entrada do meu pai na nossa conversa me incomodou, eu precisava criar um enredo para incluí-lo. Os pais lá da aldeia não eram muito presentes, muitos tinham ido para a guerra, ou se mudaram, ou morreram, mas todo mundo sabia seus nomes, como eram e o que tinha acontecido com eles. Como encaixar meu pai na minha história era uma questão nova que eu precisava enfrentar. Desabei de cansaço no assento do trem que saiu à noite, não vi mais nada. Acordei de manhã numa enorme gare enxameada de pessoas. Havia muita correria e muitas malas, um novo trem e uma viagem mais curta até o porto de Havre.

O que me ficou mesmo de lembrança foi o saguão do terminal do porto. Um ambiente enorme que eu não podia imaginar que existisse se estendia por vários salões. Eu podia ver meu rosto refletido no chão de mármore polido. O sol, atravessando os vitrais, explodia nos enormes lustres de cristal, inundando o espaço de feixes de luz coloridos. Eu me lembrei da igreja da cidade perto da aldeia, velha e escura, era o maior prédio que já tinha visto até então. Naquele saguão era diferente, era tudo iluminado e lindo. Eu me sentei com minha mãe numa poltrona grande de veludo, bem no meio dos brilhos e luzes, e ali fiquei por um tempo, abobada. Minha mãe me trouxe suco de groselha e um pão. O gosto da groselha e do pão se misturava com as luzes, era como se eu flutuasse acima de todo mundo. Fiquei muito preocupada em não derramar a groselha, seria largada das alturas e me estatelaria no mármore, quem sabe morresse e fosse enterrada num caixão de vidro, não seria ruim. Nunca mais me senti maravilhada assim, nunca mais.

A viagem de navio foi sofrida. Lembro-me bem da fumaça negra que saía das chaminés, do beliche da cabina que dividíamos com outra família, do enjoo. As maravilhas do saguão de Havre não se repetiam lá dentro, não na terceira classe. Choveu durante os cinco dias, foi uma eternidade, até hoje me lembro do estômago embrulhado e do gosto de vômito. Ao chegar, passamos por longas esperas em bancos duros, muita gente indo e vindo, era tudo barulhento. Quando saímos, eu vi prédios imensos onde caberiam igrejas inteiras dentro. Pegamos um ônibus, fui ouvindo vozes falando aquela língua incompreensível. Chegamos por fim num pequeno prédio velho e sujo, de escadas com corrimão gorduroso. Ao abrir a porta, vi um homem. Eu tinha dez anos.

12

Figura esquisita, essa Veronica. Já tinha visto ela na correria pela vizinhança, parando de vez em quando para olhar alguma coisa que só ela via. Sempre escuto as fofocas das ruas, diziam que era doida, mas já vi de tudo por aqui. Já vi muita gente surgir do nada e sumir sem deixar pistas, ela era mais uma. O pessoal dizia que tinha vindo de outra cidade, que matou o marido para defender o filho e que tinha fugido. Não me espantei nem dei muita bola. Quando Nuno me falou dela como alguém que podia nos ajudar, achei que ele tinha pirado. Eu queria trazer um cara, não passava pela minha cabeça ter uma mulher me ajudando no cassino. É certo que a gente precisava mesmo de alguém desconhecido, sem história. Nuno disse que ela funcionou bem no restaurante, impôs respeito, a turma se segurou mais, sabe como é. Podia dar certo, uma mulher. O importante era ter alguém esperto e de confiança, o resto se aprende, ele disse. Não custava tentar.

Fui meio ressabiado para aquele encontro a três, eu, a Veronica e o meu irmão. Ela chegou calma, apesar do jeito aparvalhado, logo entendi que doida não era. Fazia de tudo para esconder o medo. Falou pouco, mas deu pra ver que era uma pessoa educada. De cara eu percebi que podia confiar nela. Foi uma coisa esquisita, como quando você acha um filhote de cachorro abandonado na calçada e saca que ele vai querer te seguir pra sempre. O jeito de falar dela fazia a gente pensar que era gringa, tinha seu charme. Isso eu achei bom, podia funcionar bem na oficina. O que não dava para aceitar eram aquelas roupas abrutalhadas, de homem, era uma coisa que não batia, a imagem não combinava com o seu jeito de falar. Se era pra ser mulher, tinha que ter jeito de mulher, senão ia chamar muita atenção, coisa que não combina, atrapalha o trabalho. Ainda mais se ela fosse uma pessoa complicada. Gente complicada atrapalha mais ainda.

Noutro dia tivemos um encontro só nós dois, sem o Nuno, lá na oficina. Ela continuou tímida, falando pouco, mas já deu pra ver que era mesmo esperta e aprendia rápido. Expliquei como funcionava o lugar, falei dos problemas que aconteciam, mostrei como tinha que ficar de olho para evitar as sacanagens, o básico de um cassino, né? Adiantei pra ela uma grana pra comprar roupas novas lá no centro da cidade, falei na lata que com aquelas ali não dava nem pra saída. Ela ficou me olhando sem dizer nada, mas entendeu direitinho, pegou o dinheiro e não se falou mais no assunto. Quando ela voltou uns dias depois, parecia outra pessoa. Foi uma mudança radical, eu não esperava tanto. As roupas novas eram bonitas e caíram muito bem, até o jeito dela mudou junto com a roupa. Estava mais solta, até andava de um jeito mais feminino. Será que ela tinha ensaiado aquilo tudo? Seja lá o que for, deu certo, eu nunca tinha visto uma mudança tão rápida, coisa de camaleão.

Com o passar do tempo, já no trampo, ela foi mostrando que já era outra pessoa. Fiquei de olho. Posso ser meio bronco, mas presto atenção em tudo, nas coisas e nas pessoas, é meu instinto. Senti que ela ganhava segurança, tinha mais traquejo com os clientes, já não conversava comigo com um pé atrás. Parecia até mais mulher, sabe? Claro que eu fiquei intrigado, como é que alguém muda tanto de um jeito assim tão rápido, se aquilo fosse teatro eu já teria percebido. Tudo isso me deixava curioso, porque ela continuava cheia de mistério, não falava da vida atual nem do passado. Alguma coisa tinha ali que eu não conseguia entender.

Saquei que ela também me observava, que desviava os olhos quando eu olhava de volta. Não é que ela estivesse me dando mole, ou pelo menos não do jeito a que eu estou acostumado, parecia um bichinho querendo proteção. Esse medo foi sumindo, quem conheceu ela depois talvez nem tenha percebido, mas eu sabia que o medo continuava grudado nela, mesmo disfarçado. O curioso é que pessoas comentavam comigo sobre a calma dela para lidar com lances complicados, diziam que era uma mulher de coragem. Eu mesmo vi isso muitas vezes, ela mantinha o sangue-frio, aguentava a pressão. Nas ruas, o medroso não dura muito, a gente sente o cheiro dele de longe. O medo é que nem um pântano, um lugar onde a pessoa não consegue andar

A SEXTA ESTAÇÃO   85

direito, as pernas pesam, os sapatos agarram na lama. Ela andava no pântano apesar do medo, eu passei a admirar ela por causa disso.

Uma vez, convidei a Veronica pra almoçar lá em casa num domingo, dia de folga na oficina. Eu sabia que ela ia ficar sozinha em casa, achei que podia curtir um ambiente familiar. O Nuno também costumava dar as caras por lá, seria bom estarmos todos juntos. Afinal, ninguém sabia de amizades ou de companhias de Veronica. Quando não estava no trabalho, ela se enfurnava em casa e ficava lendo ou fazendo sei lá o quê. Quando ela chegou, deixei ela na sala com a Alice, minha mulher, e fui começar a arrumar as coisas pra começar a fazer o churrasco. Logo de cara percebi toda a raiva que a Veronica trazia dentro dela. Ela nem olhou a Alice nos olhos, deu um aperto de mão frio, sentou que nem uma estátua e seu corpo se encrespou todo. Achei que ela ia perder o controle, aquela respiração presa deixou o ambiente pesado. Alice nem percebeu, continuou tagarelando, emendando uma frase na outra como ela faz sempre, enquanto Veronica parecia uma pedra. Então olhei nos olhos dela e fiquei de pau duro de repente. Não sei se a Veronica notou, mas logo deu uma desculpa e foi embora. Eu não entendi nada, muito menos porque é que eu tive aquela reação. Fiquei ainda com mais vontade de decifrar os mistérios dela

No dia seguinte, na oficina, não falamos do assunto, achei Veronica diferente, comigo e com todo mundo. Mais durona, menos paciente com pequenas erros e coisas fora de lugar. Mesmo depois de um tempo, ela continuava com os altos e baixos, uma hora irritada, outra hora tranquila, sem nenhum motivo pra essas mudanças. Eu saquei que ela ficava com os dentes apertados, o queixo preso, devia ser o esforço para se dominar e não deixar a peteca cair.

Fui ficando mais interessado nela. Como eu sabia que ela jantava no Pluna antes de pegar na oficina, resolvi passar por lá uma noite e me sentei com ela. Achei que ela ia falar alguma coisa do que tinha acontecido, ou ficar emburrada, mas não, pareceu feliz de me ver ali, como se fosse uma coisa natural, estava até mais falante do que o normal. Perguntou se eu ia ao cinema e falou dos filmes que tinha visto e gostado. Eu não tinha ideia de que ela frequentava cinema, percebi que era o seu programa nos dias de folga.

— Vai sempre sozinha? — perguntei.

— Sim. — Ela me explicou que não queria ninguém distraindo sua atenção. Falou empolgada de fotografia, de como gostava de escolher uma cena na rua, como revelava os filmes, como era legal trazer do nada para um papel em branco uma coisa que ela tinha fotografado. Ficou de me mostrar suas fotos.

— Por que você parou de tirar fotos, já que gosta tanto? — eu quis saber.

Ela deu uma murchada, desviou os olhos, ficou pensando.

— É só por um tempo. A gente precisa descansar os olhos de vez em quando.

Nossos encontros na hora do jantar foram virando rotina, sempre antes do trabalho. Aconteciam uma vez por semana, às vezes duas. Tinha dias que ela falava pouco. Noutras vezes, estava mais solta, lembrava de quando tinha sido babá, de alguns lugares onde havia trabalhado. Não falava da infância nem de namorados ou amantes. Uma vez, resolveu me contar um sonho que tinha de vez em quando com um unicórnio. Disse que o unicórnio a levava a lugares onde ela nunca pensou chegar. Perguntei se ele tinha asas, se voava, ela riu de um jeito que eu ainda não tinha visto. Falou que não, que eu não ia entender, mas que, quando estava com ele no sonho, sentia muita paz, que a morte devia ser assim, uma paz sem fim. Papo estranho, né? Ela falava tudo isso de um jeito sexy, achei que estava me dando mole, que ia pintar alguma coisa. Só que de repente ela calou a boca, fechou a cara. Falou que o final do sonho nunca era feliz, o unicórnio se transformava em outra coisa que eu não compreendi bem o que era, um monstro ou coisa assim. Descansou as mãos sobre a mesa e eu, sem nem pensar, cobri as mãos dela com as minhas, querendo trazer de volta o calor do sonho. Ela deixou ficar, isso durou um pouco e eu me senti bem esquisito, fiquei na dúvida se estava consolando um amigo que tinha perdido um parente ou se apertava a mão dela com mais força. Ela soltou as mãos e começou a falar de um problema que tinha aparecido nas contas do cassino, que tinha que fuçar mais, podia ser roubo, uma conversa que não tinha nada a ver com aquele momento. Endoidou de novo, pensei.

Um tempo depois reparei que ela tinha passado a usar um broche que pregava na blusa ou no casaco, era um sol dourado com uma pedra no meio. Virou sua marca registrada, nunca mais a vi sem aquilo. Um dia, elogiei o broche e perguntei se tinha sido presente de alguém.

— Foi sim, de certa maneira — ela explicou. — Fui eu mesma que me dei. Gostei da forma como ele reflete as luzes em volta, como um lustre de cristal. Me faz bem olhar para ele de vez em quando.

Noutra ocasião, voltou a falar do broche sem que eu tivesse perguntado:

— Eu criei o hábito de todo dia colocar o broche logo antes de sair de casa e de tirá-lo assim que volto à noite. Com ele, me olho no espelho, me dou bom-dia e boa-noite. Virou uma companhia.

Eu entendi que era um tipo de crachá da nova Veronica. Quem usava o broche era Madame Plunar. Ela passou a me espantar mais ainda quando começou a mostrar vontade de expandir o cassino, de enriquecer. Aquilo que pra mim era só uma ideia, pra ela virou compromisso.

— O tempo da oficina acabou — ela dizia. — O mundo agora é outro. Este lugar ficou pequeno pra gente.

Ela ficou insistindo nesse assunto, falava sempre disso quando jantávamos nós três. Eu e Nuno demos corda, sem muito compromisso, até que ela pediu uma reunião para falarmos disso nós três. Marcamos numa manhã de domingo lá na oficina, que estava fechada. Ela chegou primeiro, com broche e tudo, nem precisava estar tão bem-vestida num dia de folga. Falou da situação financeira do cassino, que não era ruim, mas que dali pra frente só iria andar de lado ou derrapar. Era problema de todo lado e a gente não estava preparado. O custo da propina da polícia diminuía o lucro. Circulava um boato de que o governo ia autorizar o funcionamento de cassinos nos arredores da cidade. Se isso acontecesse, a vida de lugares como o nosso ia ficar bem difícil. Iam surgir cassinos de luxo que iam atrair gente de grana, tipo a clientela nova do Pluna Ronar. Em poucos anos, o nosso cassino ia descer ladeira abaixo. Ou seja, ia ser um inferno. Nesse ponto da conversa, ela deu uma parada para deixar Nuno e eu apavorados, não era boba a moça, aí começou a falar das coisas boas:

— A autorização para novos cassinos, se sair, pode ser a nossa maior oportunidade. Vamos precisar de capital. Com um bom projeto daria para trazer alguém com bastante dinheiro para a sociedade. Pensei no sr. Tish, que poderia encarregar-se da construção do prédio do cassino, ficar com o aluguel e ainda dividir o lucro da operação. Podemos montar um esquema em que todo mundo vai ganhar: o sr. Tish constrói e aluga para a empresa que montaremos com ele e nós três operamos o cassino. Junto com ele, que é muito bem relacionado, poderemos nos mover pela burocracia para conseguir a licença. Fiz umas contas de quanto a gente pode conseguir com esse negócio, não há comparação com o que temos aqui. Vai mudar a nossa vida radicalmente. Não há opção, ou a gente muda ou vamos ser engolidos pelos novos tempos.

Fiquei pensando como essa nova Veronica, tão prática e tão segura de si, podia ser tão diferente da Veronica que eu conheci três anos atrás. As duas, a de antes e a de agora, tinham uma coisa igual: um jeito duro, de homem, que antes eu via nas roupas e no jeito desengonçado, e agora aparecia na raiva disfarçada por trás da educação e de um jeito doce. Veronica passou a ocupar mais espaço na minha cabeça, e isso foi virando um tipo de desejo. Era uma coisa nova pra mim, nada parecido com as mulheres que já tinham passado pela minha vida. Ela era um quebra-cabeça, uma roleta, uma aposta que eu não sabia se valia a pena. Com ela, eu me sentia como alguém que entra num quarto escuro e não consegue ver direito o ambiente, vai esbarrando nos móveis, acostumando a vista e tateando, tentando saber onde está. Fiquei pensando naquela noite em que ela contou o sonho com o unicórnio, nossas mãos se encontrando em cima da mesa, sempre que eu me lembrava disso me sentia igual a um adolescente babaca, ficava com vergonha de mim mesmo. Um cara tão escolado na vida, sabendo de onde podia vir cada porrada, em que lugar Veronica foi mexer dentro de mim? O pior é que eu me sentia mudando também. Acho que eu fui ficando mais mole, prestando atenção em coisas às quais eu não daria a mínima bola antes. O desejo estava lá dentro de mim igual a uma brasa esperando por um sopro. Eu não sabia de onde viria o sopro.

13

Foi um encontro casual. Veronica precisou passar bem cedo no cassino e, ao sair, deu de cara com Fuad no portão.

— Já aqui a esta hora? O que aconteceu? — perguntou Fuad.

— Nada de mais. O barman pediu demissão, vim acertar com ele, já achei um substituto. Foi mais rápido do que eu esperava, essas coisas acontecem. E você?

— Caí da cama, resolvi andar um pouco e vir até a oficina. Gosto de fazer isso quando acordo cedo e quero arejar a cabeça. A esta hora está sempre vazio, mas hoje, pelo visto, está movimentado.

— Já estou indo embora, não tem mais ninguém aqui, você pode ficar à vontade.

— Calma! Pra que tanta pressa? Vai apagar algum incêndio?

Veronica mastigou uma desculpa sem muita convicção, tinha ainda que buscar alguém para consertar um cano. Havia aparecido uma mancha escura na parede que com certeza era um vazamento.

— Não vem com essa! Essa mancha já está até fazendo aniversário, pode muito bem esperar. Vamos aproveitar este dia bonito e dar uma volta. Você fica tanto tempo enfurnada aqui, que esquece a vida.

Ela deu um sorriso e uma piscadela, não foi preciso Fuad insistir. Combinaram de ir ao zoológico, devia estar tranquilo àquela hora, no meio da semana, as férias escolares ainda não haviam começado. O verão ia chegar com força.

— Você não gosta de sonhar com bichos? Melhor ver bichos de verdade lá, pelo menos estão atrás da cerca. — Fuad riu da própria brincadeira. Estava bem-humorado e percebeu Veronica mais leve do que de costume. Sentiu uma espécie de ternura por ela, como se fossem amigos de infância. Seu bom humor, porém, talvez viesse da noite bem dormida ou da endorfina produzida na caminhada, podia não ter nada a ver com a leveza dela.

— Fuad, eu nunca disse o quanto gosto de animais. Como é que você descobriu?

— Presto atenção em tudo, você já devia saber disso. Você tem um jeitao de gostar de bichos e já te vi dando comida pros cachorros do beco. Além do mais, eu sou meio bicho e você sempre me tratou bem.

Veronica soltou um riso largo, coisa rara. O céu estava de um azul irreal, do jeito que pintam o céu nos filmes.

Tomaram um táxi. Ao longo do trajeto, o zumbido da cidade diminuía, os prédios grandes escasseavam. Em pouco tempo, a paisagem estava bem diferente, pareceu uma longa viagem. O zoológico ficava em uma área descampada, numa localização mais alta em relação à cidade. Lá de cima, ela via a estrada que os trouxera incendiada por um sol tão forte, que a transformava num caminho dourado. Não prestou atenção à entrada do zoológico, impressionada com a vista da cidade, tão próxima e ao mesmo tempo tão distante, como se tivessem atravessado um portal para outra dimensão. Tomaram a alameda que levava aos mamíferos de grande porte, uma escolha natural. Os animais circulavam em espaços amplos, quem os via tinha a sensação de que estavam soltos, "livres como em seus hábitats", como dizia a placa na entrada. Passaram por elefantes que se abrigavam debaixo de árvores sombrosas; por girafas que se alimentavam em comedores altos cheios de alfafa; por hipopótamos mergulhados na lama, dos quais só se conseguiam ver os olhos e as pequenas orelhas.

— Eu não conhecia este lugar, é lindo! Devia ter vindo aqui antes. Em Nova York eu costumava visitar o zoológico do Bronx para tirar fotos. Era uma das coisas que eu mais gostava de fazer. É bem maior do que esse, mas não é mais bonito.

Fuad não se lembrava de tê-la ouvido falar de sua vida em Nova York, achou melhor não perguntar nada.

— Meu pai me trouxe aqui uma vez quando eu era pequeno, os animais ficavam enfurnados em cercados pequenos. Melhorou muito. Pra você ver que não são só os cassinos que melhoram...

— Eu poderia ser cuidadora de animais. A gente vê sinceridade nos olhos deles, mesmo quando metem medo. Eles nunca são traiçoeiros. Quando a gente cuida bem deles, os bichos reconhecem, mostram carinho.

— Esses bichos são selvagens, não se esqueça disso. Num minuto eles podem acabar com você sem razão alguma.

— Eles nunca atacam do nada. É mais fácil os homens matarem sem motivo do que eles.

— Gente é gente, bicho é bicho. Não adianta comparar.

— Não acho que é assim. As pessoas se parecem muito com os animais. Tem gente que é leão, hiena, girafa, peixe de aquário. Um jeito de conhecer uma pessoa é tentar adivinhar que bicho ela é.

— E que bicho eu sou então, Veronica?

— Você deve ser um cavalo, precisa de espaço para correr. Pode ser também um bicho territorial, como o urso, não gosta de ninguém invadindo seu espaço.

Chegaram em frente à área dos rinocerontes. Um tratador cuidava da pata de um deles. O animal, dócil, se entregava, deitado no chão.

— Esses são os meus preferidos — disse Veronica. — Tenho uma ligação especial com eles desde que vi a gravura de um rinoceronte quando era criança. Fiquei espantada com aquela carapaça robusta, parecia de ferro, todo protegido. Só podia ser um animal invencível. Tempos depois, descobri que é só uma pele grossa, o que o torna vulnerável como qualquer outro bicho, mas eu já estava enfeitiçada, daí em diante passei a ler tudo o que encontrava sobre eles. É um animal sensível. Sabia que ele emite diferentes tipos de som para se comunicar? Ronca, geme, mia como um gato, assovia, eu fiquei surpresa quando li isso. Ele se comunica também pelas fezes. Defeca nos mesmos lugares, faz montes de mais de um metro de altura. Pelas fezes, ele diz quem é, se é macho ou fêmea, se está querendo acasalar. Quando outro rinoceronte encontra aquilo, faz arranhões com as unhas no monte deixando uma resposta.

— Ou seja, a merda manda recado. — Fuad riu.

— É mais ou menos isso. Pena que são muito caçados por causa do chifre. Em muitos lugares do mundo, acham que o pó do chifre do rinoceronte é um remédio milagroso, dizem que cura muitas doenças e até tristezas.

— Ainda não entendi como você pode gostar tanto de um bicho tão feio.

— Acho que é porque ele tem esse ar meio misterioso e, ao mesmo tempo, inocente. Existem muitas lendas sobre o rinoceronte, mesmo na Bíblia falam dele. Sabia que Marco Polo, quando voltava da China e viu pela primeira vez um rinoceronte na Índia, achou que tinha encontrado um unicórnio?

— Não sei quem é esse cara, mas, é como se diz, quem procura acha. Unicórnio não é o tal cavalo branco que não existe, com um chifre no meio da testa?

— Antigamente achavam que existia. Pode ser até que tenha existido mesmo, mas não existe nenhuma prova.

— Deve ser mais um desses bichos de mentira que o povo inventa pra assustar as pessoas, como o dragão e aquele cavalo com corpo de homem, como é mesmo o nome? Centauro, né?

— Só porque não há provas de que o unicórnio existiu não é motivo para você dizer que é mentira. Ele existe na imaginação das pessoas, foram feitas pinturas e estátuas deles, até em brasões antigos eles aparecem. É um outro jeito de existir.

— Assim não vale, você está me enrolando. Ou existe ou não existe. Ou é verdade ou é mentira. Verdade não é que nem bunda, que cada um tem a sua. — Fuad ficou vermelho e se exaltou um pouco. Sempre ficava assim quando não entendia direito alguma coisa ou achava que estava sendo enrolado.

Caminharam de volta, mudos por um bom tempo. O dia estava pelo meio e o calor era insuportável. Veronica quebrou o silêncio sugerindo que parassem em uma venda para beber água. Sentaram-se num banco sombreado. Fuad acendeu um cigarro e Veronica distraiu-se com as formigas que faziam uma fila pelo gramado levando restos de folhas e insetos mortos. Ficou curiosa para descobrir o formigueiro, quis seguir a fila das formigas para saber aonde ia dar, mas deixou-se ficar. O silêncio de agora era diferente, os dois estavam calados não por discordância ou falta de assunto, mas porque perceberam que o momento tinha sido preenchido por algo incomum. Poderiam ter dado as mãos, mas não era do feitio deles. Veronica sentia-se protegida e Fuad, relaxado. As formigas faziam seu trabalho como fazem há milênios e o tempo estava suspenso.

— Fuad, você já teve um paletó quadriculado verde e vermelho? — ela perguntou, do nada.

— Sei lá, não ligo muito pra essas coisas. Minha mulher costumava comprar pra mim umas roupas esquisitas de liquidação, pode ser. Mas eu não gosto de vermelho.

14

SEMPRE FUI UM GAROTO de rua, todo mundo sabe disso. Aprendi tudo que sei imitando os amigos mais velhos, vendo seus golpes, seus erros e acertos, batendo e apanhando. Na rua, é tudo ali na hora, é ganhar ou perder, não tem lero-lero. Começa pelas coisas pequenas, furtos fáceis, tocaiar alguém a pedido dos mais velhos, levar e trazer recado, vigiar se a barra está livre pro pessoal poder agir. Brigar, ameaçar, mentir, contar vantagem, fazer amigos, fugir, beber, debochar, rir de qualquer besteira. Cercar as garotas, sumir e aparecer de novo como quem não quer nada, encontrar mulheres mais velhas nas tardes quentes, levantar uma grana, trepar sempre que pintar alguém, essa era a vida. Eu estava sempre de olho onde podia levar vantagem. Vacilou, perdeu. O tempo ia passando, eu prestava atenção nos amigos que se davam bem, naqueles que se ferravam, e ia aprendendo. Afinal, aprendizado é tudo.

Comecei a sair com uma menina da área, bem espertinha. Era de uma família de igreja, inventava histórias em casa pra poder me ver, minha fama não era muito boa. Eu ia e vinha no rolo com ela, passei a aparecer mais. Caí na camaradagem dos irmãos, daí pra ser convidado a entrar na casa foi mole. Eu era boa pinta e simpático, passei a almoçar aos domingos com a família e, quando vi, estava casado. Mas nunca larguei as amizades e os trampos na rua, afinal era meu ganha-pão e, de certo modo, continua sendo.

O restaurante do meu velho nunca me atraiu, ele queria que eu fosse trabalhar lá com meu irmão, brigamos muito por causa disso. Mas o dinheiro era pouco, eu ganhava muito mais com os meus esquemas. Meu pai me chamava de marginal, passou tempos sem falar comigo, nos afastamos. Depois que ele morreu, vi a chance de abrir um pequeno cassino junto ao restaurante que herdamos. Eu já mexia com jogo, sabia como fazer, conhecia gente. Foi difícil convencer meu irmão no início. Ele só topou quando viu quanto podia ganhar. E tudo andou bem. Sabe como é, Nuno é medroso, achava arriscado. Combinei com ele que não haveria confusão, mas, por via das dúvidas, sempre mantive uma arma e um porrete no cassino ao alcance da mão. A gente tem que estar ligado, né?

O cassino virou um negócio estável, dava pra levar uma vida tranquila, ficava até com saudades das confusões da rua e da adrenalina que vinha junto. Minha mulher sempre soube que eu andava no limite da lei, mas o dinheiro entrava e com isso ficava tudo bem. A vizinhança já me olhava com respeito, eu tinha orgulho de posar de comerciante bem-sucedido. A vida em casa até ali tinha sido boa, minha mulher não enchia o saco, os parentes, também não. Sempre deixei claro que assunto de trabalho ficava do lado de fora, o que mantinha minha liberdade de fazer o que bem entendesse e de não ter que dar satisfação. E assim eu ia levando.

Aí apareceu a Veronica e algumas coisas mudaram. Ela me deixava intrigado com o que dizia, com o jeito como conduzia os problemas do cassino. Eu ficava pensando como ela conseguia lidar com umas paradas brabas, como aprendeu rápido. Ela parecia ingênua, mas não era nada boba. Tinha uma coisa dentro dela, um tipo de força, que era um mistério. A forma como ela progredia, como deu a volta por cima na vida, estimulava em mim a vontade de sair da pasmaceira e querer mais. O nosso vínculo estranho me incomodava, não se encaixava em nada do que eu tinha vivido antes. Nunca me interessei por entender as mulheres, nunca perdi o controle dos meus rolos. Com Veronica, era outra coisa.

Fiquei empolgado com o projeto do novo cassino. Nuno no início foi contra, achou que a gente ia dar um passo maior do que as pernas, assumir dívidas, tinha medo de perder as rédeas do negócio. Eu usava os argumentos de Veronica com o colorido das ruas:

— Ninguém vai nos passar a perna. Se ficarmos parados é que vamos ser engolidos. Lembra da turma das apostas nas calçadas? Onde está hoje? Todos eles sumiram, foram presos ou estão por aí, fazendo qualquer serviço miserável que aparece pela frente. O mundo está mudando e a gente tem que mudar junto. Seja esperto.

Acho que nosso passo mais difícil foi a primeira reunião com o empresário, o tal de sr. Tish. Eu não queria aparecer lá com cara de caipira desconfiado. Se a gente não chegasse firme e botando banca, não daria nem pra saída. Ele tinha que entender que o negócio do cassino estava na nossa mão, era ele quem devia agradecer a chance de participar. Veronica foi muito esperta, mais uma vez. Levou uns papéis que explicavam tudo o que íamos fazer, quanto cada um ia ganhar, nada de muitos detalhes pra não entregar o ouro ao bandido — e também pra não mostrar que a gente sabia menos do que parecia. O que a gente queria era assinar um acordo com eles pra deixar tudo sacramentado e passar a agir como um time. O sr. Tish tinha dinheiro, advogado e contatos na prefeitura. Nós tínhamos o conhecimento de como operar o negócio, as pessoas pra fazer tudo funcionar direito e a chance de entrar na jogada logo, antes que um concorrente aparecesse.

O sr. Tish sentiu o cheiro do dinheiro, gostava de arriscar. Combinamos que ele começaria o projeto da obra e as conversas com a burocracia para arranjar a licença. Nós faríamos o detalhamento do ambiente de jogo, encomendaríamos os equipamentos, treinaríamos as pessoas e todo o resto. Ia ser uma coisa grande, dez vezes maior do que o Pluna Ronar. A ideia de Veronica de dizer que ele ganharia duas vezes, no aluguel e na metade do lucro do cassino, agradou em cheio ao homem. Eu indiquei ela para ser a representante do nosso lado, mesmo que isso me deixasse capenga lá no Pluna. Paciência, não se pode ter tudo. E tocamos o barco.

O resultado é que tive que voltar para minha antiga função de cuidar de perto da oficina. É o olho do dono. Lidar com os clientes, com a polícia, com os funcionários, ficar de olho no caixa, as questões do dia a dia das quais eu já não estava tão próximo, isso tudo me deu uma revigorada, eu já estava ficando meio frouxo. A questão da polícia estava malparada, eles sentiram o cheiro de mudança no ar, devem ter ouvido falar do projeto por alguém lá de cima da prefeitura. Queriam saber como ficariam no novo negócio, pediram logo um aumento da propina, ameaçaram criar problemas pra gente, tudo o que eu já esperava desses caras. Veronica nos convenceu que valeria a pena aumentar a grana deles e empurrar com a barriga. Lá na frente ia ser tudo diferente mesmo. Eu fui levando no bico, com a tranquilidade que estava aprendendo. Como eu falei, na rua, a gente não pode parar de aprender.

Lá em casa as coisas não iam nada bem. Eu já não tinha mais paciência pras babaquices do dia a dia. Alice me fazia perguntas toda hora, de um jeito que ela não fazia antes, parecia desconfiada de sei lá o quê. Eu também já estava sem saco para aqueles almoços de domingo, aquela parentada sem graça. A verdade é que minha cabeça andava longe. Pensava na Veronica cada vez mais, isso até me dava raiva às vezes, me sentia meio otário. Como é que fui cair nessa, logo eu... Sempre escutei que carne e pão não se misturam, de onde se tira o pão, não se come a carne. Mesmo assim, peguei a mania de passar pelo prédio de

Veronica na volta pra casa, fumava um cigarro na esquina enquanto espiava sua janela sempre acesa. Várias vezes pensei em subir, curioso de saber o que ela escondia dentro de casa. Qual das duas abriria a porta, Veronica ou Madame Plunar? Aí dava meia-volta e seguia meu rumo. Carne e pão não se misturam.

Até que um dia teve um rolo na oficina, sumiram umas fichas de jogo, desconfiei do operador e fui conversar com Veronica para entender o que podia ter acontecido. Ela estava calma, toda elegante com aquele broche de sempre. Sacamos de cara que não dava pra manter o sujeito, era botar na rua e pronto. Equipe boa é difícil, ela falou, tem que ficar sempre de olho. A gente tinha logo que começar a procurar pessoal pro cassino novo. Isso leva tempo, tem que treinar, não se arranja de uma hora pra outra. Eu não estava a fim de engrenar em mais um papo do novo negócio, era um assunto que volta e meia me aborrecia. Então mudei o rumo da conversa, e, sei lá por que, perguntei como andavam os sonhos dela. Ela achou que eu falava do cassino novo, levantou a cabeça e já ia começar a falar de grana, prazos, licença, essas coisas. Quando olhou nos meus olhos e sacou que eu não queria saber nada disso, murchou. Deu uma parada, respirou fundo. Começou a me contar, baixinho, uma história confusa de uma caixa de guardados que ela tinha buscado no depósito e de coisas do passado. Não era uma conversa com começo, meio e fim. Falou de umas fotos antigas, do lugar em que ela vivia em outro país, nomes em outra língua, viagem de trem, a mãe, o mar, contou como chegou em Nova York. Ela ia e vinha na mesma conversa, parecia que estava falando de outra pessoa, tentava se lembrar de detalhes, parecia que não acreditava muito no que dizia, que era mais outro sonho. Tem gente que repete tanto uma história inventada, que acaba acreditando que aconteceu mesmo, não sabe mais a diferença entre verdade e mentira. Já era tarde, esperei ela dar uma parada naquela falação e disse que estávamos cansados, que a gente tinha muita coisa pra fazer no dia seguinte e que eu iria acompanhar ela até em casa. Andamos calados pela rua deserta.

Quando chegamos na porta do prédio, abracei ela apertado, ficamos assim por um tempo. Ela choramingou, disse que ia custar a dormir, aí eu falei que podíamos continuar a conversa no apartamento dela. O cansaço era grande e por isso mesmo era bom jogar conversa fora antes de ir pra cama, tomar uma cerveja pra relaxar — mesmo sabendo que ela não bebia e que não devia ter cerveja em casa. Ela me olhou, não disse nada. Botou a mão no meu ombro, ao mesmo tempo me afastando e fazendo um carinho. Entrou rápido no prédio e me deixou na calçada sem olhar pra trás.

15

Os QUATRO VOLTARAM DA assinatura do contrato com o sr. Tish como colegiais que comemoravam o fim das aulas. O novo membro do grupo era Jaime, advogado e amigo de infância de Nuno, que havia cuidado do inventário do pai deles e ajudava nos raros problemas jurídicos que surgiam no restaurante. Não era muito sofisticado, mas era de confiança e barato. Na primeira vez que o viu, Veronica logo reparou no sapato de solas gastas e no terno apertado a ressaltar os calombos de gordura na cintura. Nada garante que competência e aparência andem juntas, então ela achou melhor ficar calada.

O resultado tinha sido memorável, Veronica chegou a achar que não conseguiriam. Ela e Jaime tinham investido muitas horas de trabalho duro para escrever um documento inicial que expressasse tudo o que eles queriam do negócio, com alguns palpites de Nuno e raras intervenções de Fuad, normalmente para dizer "apertem tudo", "não deixem nenhuma brecha para eles nos passarem a perna". Campeão das ruas, Fuad sabia que, no mundo da papelada e da lábia jurídica, era um perdedor. Com aquele papel na mão, foram mais cinco semanas irritantes de idas e vindas com a turma do empreiteiro. O time deles era formado por um advogado jovem e muito alto que liderava as reuniões, alternando bom humor, arrogância e rispidez em momentos-chaves da conversa; um contador que só respondia quando perguntado, cujos números eram sempre tenebrosos, piores do que os estimados por Veronica; um engenheiro que periodicamente interrompia as conversas com detalhes técnicos irrelevantes só para se fazer presente e demonstrar conhecimento; uma secretária de voz esganiçada responsável pelas atas, que volta e meia pedia para repetirem o que havia sido dito; e a presença eventual do empresário, que chegava sempre após o início da reunião e sentava-se afastado da mesa, a fumar e observar. O sr. Tish só abria a boca para cochichar com seu advogado e anunciar em voz alta, como um mantra, que não ia entrar naquilo para perder dinheiro nem reputação. Era uma luta injusta, com Veronica e Jaime o tempo todo no centro do ringue e os outros cinco a se revezar, bem treinados e descansados.

Após o primeiro encontro com o outro lado, Veronica e Jaime foram contar a Nuno e Fuad o que tinha acontecido. Jaime era engraçado, imitava o esnobismo do advogado deles, as expressões jurídicas incompreensíveis, a cara de pateta do contador e a voz irritante da secretária. Deixou claro para os irmãos que eles não seriam passados para trás, não com a experiência de vida e de rua que tinha. Naquele momento, foi um alívio.

Veronica sabia que não era assim tão simples. Os futuros parceiros sumiam durante um tempo, não respondiam aos recados. A secretária lamentava, dizia que estavam envolvidos com outras prioridades, infelizmente teriam que esperar a semana seguinte. Depois, vinham com um texto todo modificado, novas cláusulas, aquela linguagem empolada. Ela ficava com vergonha de dizer que não entendia, pedia para adiar a reunião para tirar as dúvidas com Jaime. Cada vírgula era uma queda de braço, um pretexto para interromper a reunião e marcar uma outra. Veronica sentia-se perdida. Tirava forças não sabia de onde para seguir brigando.

Jaime se mostrou muito acima dos seus sapatos gastos. Era uma luta desigual, ele segurava cada ataque, desviava-se, levantava-se da cadeira ameaçando ir embora nos momentos certos, tinha uma paciência imensa. Ao sentir que havia um golpe baixo à vista, fazia uma leve pressão contra a perna de Veronica pedindo-lhe calma. Dava certo, virou um código entre eles.

Explicar para Nuno e Fuad o que estava acontecendo ao longo desse calvário era um drama. Fuad se irritava, detestava jogar um jogo que não conhecia. Tinha certeza de que estava sendo enrolado e não sabia como resolver isso dentro das regras. Levantava-se, soltava um palavrão, xingava os futuros sócios, mas, no final, aceitava que tinham que prosseguir. Nuno se apavorava:

— Melhor largar isso. Vamos manter as coisas como elas estão. Quem sabe a gente abre uma filial do restaurante ou um bingo? Vai ter sempre lugar pra gente na vizinhança.

Assim, foram levando aos trancos e barrancos, e conseguiram sair com o acordo de sociedade assinado. Era tudo o que queriam. É certo que havia no documento final uma porção de expressões como "se caso", "na ocorrência de", "conforme tal coisa ou outra", o que tornava tudo meio confuso. Jaime assegurou que era o melhor que podiam conseguir, era pegar ou largar. Tinham mesmo o que comemorar. O compromisso valia ouro e não podia ser revogado por um único lado.

Aliviados e felizes, improvisaram um almoço animado no Pluna Ronar. Sentaram-se a uma mesa no canto. Fuad e Nuno pediram cerveja para atenuar o calor. Fuad exalava uma alegria contagiante, já se via como um mestre de cerimônias no novo cassino a receber convidados ilustres, o que não combinava em nada com o seu jeito.

— Eles podem ser ricos e estudados, mas não iriam durar muito num negócio desses sem a gente. Falta a pele de couro curtido — vangloriou-se, dando tapas no próprio braço desafiando quem pudesse pensar o contrário.

Jaime concordou com a cabeça:

— O nosso time aqui jogou por música. E o Fuad nem entrou em campo! — acrescentou, aos risos.

— Quero ver o que o velho iria dizer disso tudo. Ele achava que eu ia acabar morando na penitenciária, ou então que ia apodrecer de pires na mão numa esquina — emendou Fuad.

— Nem depois dele morto você acaba com essa implicância, Fuad! — protestou Nuno. — Ele só queria ver você longe da rua. O medo dele era sumirem com você, ou coisa pior. Será que você ainda não entendeu isso?

Veronica já tinha presenciado essa discussão de irmãos outras vezes, não sabia o motivo da raiva que Fuad tinha do pai, nunca havia se interessado por esse assunto, o passado que ficasse enterrado. As coisas estavam caminhando bem e eles precisavam continuar unidos porque o projeto estava só no começo, muita água ainda iria passar por debaixo daquela ponte. Concentrou-se no cardápio. Lembrou-se da primeira vez que tinha estado ali, da massa com carne insossa. Depois que ela apareceu na vida dos irmãos, a história do Pluna mudou para melhor, todo mundo reconhecia isso, pensou com orgulho. Apesar do enorme trabalho pela frente, eles chegariam lá. Unidos.

— Vamos parar com a discussão e pedir a comida — disse ela. — O dia é especial, vocês podem deixar a cerveja de lado, vamos abrir uma champanhe. Eu juro que tomo uma taça para brindar ao novo cassino. Quem sabe ele não vai se chamar Pluna Ronar, se os nossos sócios concordarem? Aliás, eu vivo perguntando de onde veio esse nome e queria que alguém me explicasse.

— Ninguém sabe de onde vem e acho que nem vai saber — declarou Fuad. — O que interessa é que o nome é pé-quente, e a gente ainda vai ganhar muita grana com ele.

— Tenho certeza disso. Afinal de contas, virou meu nome também. — Veronica nunca esteve tão alegre como naquele momento.

Comeram e beberam, Veronica ficou logo zonza com os primeiros goles da champanhe. Fuad e Nuno começaram a desfiar lembranças da infância, repletos de camaradagem. Veronica invejou a súbita intimidade dos irmãos e parou de falar. Seus pensamentos teimavam em duvidar daquela cena. Era ela mesma que estava ali? Não queria esquecer aquele momento, nunca. Ao afastar-se mentalmente para melhor fixá-lo na memória, percebeu que o encanto derretia e que sua alegria perdia o brilho, substituída por uma imediata nostalgia do presente. Essa história de se afastar da cena para ver melhor parecia uma praga.

16

CONTRATO ASSINADO, ERA HORA de colocar a mão na massa e fazer o novo cassino sair do papel. Combinaram que Veronica e Jaime fariam reuniões semanais com "a turma do perfume" para acelerar tudo. Quem inventou esse apelido foi Jaime. Ele havia reparado que os outros sócios cheiravam como se tivessem saído da cadeira do barbeiro, as peles lisinhas, os queixos como bolas de bilhar. Todos usavam o mesmo perfume.

— Reparou que o chefão também cheira igual? — Jaime comentou certa vez. — Acho que os outros usam o mesmo perfume para puxar o saco.

Veronica achava engraçado quando chegavam juntos ao escritório deles. Jaime discretamente fingia ficar tonto por causa do aroma. Era um jeito de desanuviar o ambiente e diminuir a tensão latente, aquela sensação de que, em algum momento, ia aparecer uma nova tentativa de ferrá-los.

Dito e feito. Num desses encontros, a secretária disse com ar solene que a documentação provavelmente não seria aceita para o pedido de licença do novo cassino. Era necessário que todos os sócios tivessem idoneidade moral comprovada, porém constava um registro de antecedente criminal de Fuad. O advogado sugeriu que tirassem Fuad da sociedade e que os demais sócios do Pluna Ronar fizessem um acordo em separado com ele. Jaime adotou o tom mais sério que pôde e demonstrou sua indignação, não havia nenhuma pendência criminal. Aproveitou para encerrar a reunião, pois seria necessária uma reavaliação entre eles sobre o que fazer. Saíram de lá aturdidos e correram para o Pluna para uma reunião de emergência.

— É um absurdo, uma sacanagem — retrucou Fuad.

— Eu não tive nada a ver com aquilo. Foi uma briga de adolescentes. Foram desencavar isso agora?

Ele contou o que tinha acontecido: uma briga de rua que ninguém soube direito como havia começado nem acabado, ele se meteu quando viu seus amigos sendo agredidos, estavam em minoria. Bateu e apanhou, acertou uns três ou quatro com um pedaço de pau. Quando a polícia chegou, havia um sujeito tendo convulsões na calçada com a cabeça aberta. Foi todo mundo para a delegacia, foram fichados e fotografados, ele teve que se apresentar algumas vezes ao delegado depois disso e ficou sem poder sair à noite por seis meses, o que obviamente não cumpriu.

— Foi só isso, não deu em nada, e até onde eu sei o sujeito da cabeça aberta nem morreu. E nem fui eu! Não fui preso. No final, não fui condenado a nada. Foi uma bri-

116 *Jorge Nóbrega*

ga de rua, só isso. — Fuad queria ir lá interpelar o sr. Tish, ter uma conversa só entre eles dois para passar tudo a limpo, mas foi dissuadido por Veronica.

Lá foram Veronica e Jaime explicar ao advogado deles o ocorrido e mostrar que não havia nenhum impedimento, eles não poderiam ser prejudicados por um evento acontecido havia quase trinta anos que não teve consequências nem representou condenação para o sr. Fuad. O advogado começou com uma conversa mole sobre os rigores da concessão de licença para cassinos:

— É um projeto de lei novo, está para ser aprovado, as autoridades precisam ter certeza de que tudo correrá bem, não pode haver margem de dúvidas.

O sr. Tish então entrou na sala calado. Ficou em um canto escutando aquela lenga-lenga. No final, acrescentou:

— Somos uma empresa respeitada na comunidade. Não podemos ter nenhuma mancha na nossa reputação. Não é só pelo cassino, é por todos os outros empreendimentos que vamos continuar tocando. Temos um nome a zelar. Pessoalmente, não julgo o sr. Fuad e longe de mim dizer que teve alguma culpa nesse episódio lamentável, mas não posso ser contaminado por isso, vocês entendem? — Ele falava num tom de voz calmo e grave, quase condescendente, não permitia réplica.

— E nós, como ficamos? — perguntou Jaime.

O advogado do sr. Tish sacou uma minuta de um contrato que a turma do Plunar podia fazer entre si ao excluir Fuad da sociedade maior.

— É só uma sugestão para vocês.

* * *

— Eu montei a oficina. Depois, ampliei o negócio para ficar a beleza que é hoje. Nunca tivemos problema. Os clientes nos adoram. Esse negócio sou eu! Agora vem esse sujeito dizer que tenho que ser um sócio disfarçado? Quem ele pensa que é? Sem mim, isso não vai existir!

Nuno concordava com movimentos de cabeça, e Fuad ficava ainda mais enfático ao ver o apoio do irmão. Veronica preferia não dizer nada. Dias depois, marcou uma conversa a sós com o sr. Tish. Contou sua experiência com os irmãos, a postura sempre correta deles, o quanto a comunidade local respeitava o cassino e o restaurante:

— Nesses anos todos, nunca tivemos uma briga no cassino, nenhuma confusão com a polícia, e o senhor sabe como o nosso negócio é delicado. Nós nos damos bem com todo mundo, o senhor é frequentador, sabe disso.

O empresário escutou em silêncio, agradeceu e disse que ia pensar no assunto. Dias depois, foi chamada pelo advogado alto para uma nova conversa. Ele aceitaria que Fuad fizesse parte da sociedade se eles assinassem um acordo para preservar a reputação da sua empresa, com penalidades para os sócios caso qualquer problema ocorresse. Ela aceitou, ainda sem saber como iria convencer seus companheiros.

Esse período difícil causou um afastamento entre Veronica e Fuad. Desde a noite em que ela o impediu de subir no seu apartamento, sua atração por ela havia definhado. Ele pensava que as coisas têm hora certa para acontecer, principalmente em assunto de mulher. Haviam passado da hora, já era, melhor esquecer. Veronica, por sua vez, ficou sem saber como agir depois daquela noite. Evitava pensar no assunto e se ocupava dos novos problemas. Viam-se no cassino, falavam das questões objetivas do dia a dia, nada além disso. Veronica sentia-se anestesiada, o novo projeto passou a ocupar um imenso lugar na sua vida, não deixava espaço para pensar em mais nada a não ser cultivar na imaginação a imagem da mulher poderosa que controlava as outras pessoas e era respeitada. Já via os olhares de admiração no entorno, os comentários de aprovação por onde passasse. "Aquela é a Madame Plunar! Elegante, não é?"

Seja qual fosse o motivo, Veronica deu para ter insônias. Dormia assim que se deitava, acordava uma hora depois e ia para a janela olhar para o nada antes de voltar para a cama. Outras vezes, perambulava pelo apartamento, sentava-se alternadamente na poltrona e numa cadeira da sala de jantar a olhar em volta, admirando tudo o que havia conquistado. Havia trocado as mobílias por outras menores, no estilo da moda, mais despojado, leve, em tons de madeira clara. Seu gosto estava cada vez mais refinado, começava a se interessar por arte, recentemente havia comprado obras numa galeria famosa. É verdade que não abria mão da ampulheta destoante em cima da mesa. Certa ocasião, naquela vigília inebriada antes de cair no sono, imaginou um unicórnio andando ali embaixo, na praça. Podia ouvir o som seco dos seus cascos batendo no cimento.

* * *

— Fecharam a cozinha do Pluna! — Nuno lhe informou em um telefonema desesperado, poucos dias depois de ter resolvido com o advogado do sr. Tish o problema da "reputação" de Fuad. Correu para o restaurante e encontrou Nuno, atônito, com um papel da vigilância sanitária na mão.

— Disseram que havia alimentos estragados e mal armazenados na cozinha. Nem me deram chance de conversar. Estão nos obrigando a pagar uma multa e manter a cozinha fechada até eles voltarem para avaliar. Só o bar pode funcionar. Como é que a gente fica?

Não havia comida estragada, só um saco de batatas que ainda aguardava ser levado para a despensa. Era uma provocação, uma maldade de alguém, os fiscais nem quiseram conversa. O cozinheiro disse que já os tinha visto rondando por ali, entraram no restaurante assim que o saco de batatas chegou. Veronica tentou acalmar Nuno e inventou que tinham mesmo que fazer uma manutenção na cozinha, não valia a pena criar caso. Mandou colocar um cartaz na frente avisando que estavam temporariamente fechados para refeições devido a necessidades internas. O bar continuaria aberto, com um desconto especial naquela semana.

— Nuno, vamos deixar como está, a gente dá um jeito — ela pediu. — Vou arranjar os pintores. A cozinha está precisando de uma limpeza. Vamos tirar aquela gordura toda das paredes. Melhor fazer isso logo.

Achou melhor deixar Fuad fora da história. Combinou com Nuno de arranjarem uma desculpa para o fechamento da cozinha. Não tinham também como provar que havia sido uma perseguição contra eles, podia ser uma coincidência. No mês anterior, a vigilância tinha fechado a peixaria da rua de baixo. Se bem que o cheiro do estabelecimento já era em si uma denúncia, nada a ver com o estado do Pluna Ronar, que melhorava ano após ano.

Na semana seguinte surgiu outro problema, ainda mais grave, desta vez no cassino. Ela estava lá com Fuad quando chegaram os dois policiais de sempre, e nem era o dia da propina. Com as caras fechadas e sem nenhum preâmbulo amigável, pediram direto um aumento da "contribuição" já naquele mês.

— Queremos o dobro e não tem conversa — um deles informou.

Fuad foi logo dizendo que não tinha condição de aumentar o valor, que ia cumprir o que estava combinado. Os policiais não retrucaram, disseram que em duas semanas estariam de volta, e era melhor para todo mundo que o dinheiro estivesse lá.

— Se vocês podem fazer um cassino novo pros bacanas, podem entregar um envelope mais gordo — o outro policial disse antes de partirem.

Dessa vez, Fuad não reclamou, para surpresa de Veronica. Ela viu seu olhar gelado acompanhar a saída dos visitantes pela porta dos fundos. Não moveu um músculo da face, não enrijeceu as veias do pescoço. A cabeça dele estava em algum lugar bem longe, numa briga de rua antiga.

Cada dia trazia uma nova notícia ruim. Ficava difícil acreditar que não fossem ações orquestradas. O clima estava cada vez pior. Nuno vivia assustado, querendo desistir de tudo. Fuad, sem mais conter a raiva, já pensava em abrir uma guerra contra os sócios. Cabia a Veronica tentar juntar os pedaços do acordo e manter de pé o projeto. Conversava com um e com outro e pedia ajuda a Jaime — que se revelava um amigo e um aliado. Precisava encontrar uma saída boa para todos. Ainda acreditava no sr. Tish, se não em suas boas intenções, pelo menos na sua racionalidade, de entender que precisaria de gente como eles para fazer o cassino funcionar. Tinha que resgatar o pacto inicial, aquele da primeira conversa, restabelecer a confiança entre os dois lados. Ela buscava forças para não se abater, a fuga para o futuro dá sempre um jeito de acomodar as dores e os medos. Tinha lido, não sabia onde, que, para atravessar o inferno, a única solução é prender a respiração e caminhar rápido — desde que a gente acredite que o inferno tem um fim.

Veronica ficou mais esperançosa quando foi chamada pelo engenheiro para ver o andamento do projeto de construção do cassino. Podia ser um sinal de que o interesse comum ainda estava de pé, quem sabe uma bandeira branca a indicar que queriam resolver os desentendimentos dos últimos tempos. O engenheiro era um homem tímido, cara de bom sujeito. Levou-a para uma sala onde havia várias plantas de engenharia enroladas sobre uma grande mesa. Mostrou uma primeira planta com o esboço do desenho arquitetônico. Era um complexo moderno e imponente com um hotel e prédios mais baixos no entorno. Ao centro, um disco futurista que ela logo entendeu ser o cassino, maior do que tinha imaginado. O engenheiro seguiu abrindo mais plantas com os olhos fixos em Veronica, como um mágico a tirar lenços coloridos da cartola a espreitar a reação do público. Eram projeções, esboços dos interiores, perspectivas de diferentes ângulos, simulações dos jardins. Disse que a administração da cidade estava entusiasmada com as possibilidades da nova construção, que traria vida a um local que se encontrava degradado. Eles poderiam conseguir vários benefícios em razão disso.

O homem entrou em detalhes técnicos do empreendimento para os quais ela não tinha interesse nem compreensão. Veronica logo percebeu que o objetivo do engenheiro era surpreendê-la e inundá-la de informações complicadas para criar a impressão de algo muito sofisticado, muito difícil, bem além da capacidade de compreensão e da ambição dos sócios toscos do Pluna Ronar.

Depois de quase uma hora de encenação, o homem chegou ao objetivo principal da conversa: o projeto todo era muito maior do que havia sido pensado inicialmente — e muito mais caro. O cassino era a cereja do bolo, um ponto de interesse para trazer movimento. Eles pensavam na receita de ocupação do hotel, na venda de apartamentos, na valorização do entorno que se traduziria em mais prédios, mais projetos. Praticamente uma nova área da cidade, moderníssima, digna das novidades dos anos 1960. Tudo exigia mais dinheiro, portanto o acordo fechado entre eles não poderia valer mais. Entrar apenas com a operação do cassino não poderia dar aos sócios do Pluna Ronar o direito de ficar com a metade dos lucros dele. Além disso, a aprovação da nova lei de autorização de cassinos estava demorando, o que dificultava tudo. Apesar de não estar encarregado das negociações, tinha o bom senso de mostrar-lhe que tudo precisaria ser rediscutido, que os sócios deveriam redefinir sua relação. Provavelmente trariam um novo parceiro para ajudar no investimento e com isso teriam que reduzir em muito a participação dos sócios Ronar, ou mesmo remunerá-los apenas pela prestação de serviços na gestão do cassino, com algum prêmio pelos resultados. Ainda assim, seria uma grande conquista, afinal não se poderia esperar muito do velho Pluna Ronar depois que todo esse projeto estivesse de pé, não é? Falando como amigo, ele aconselhava a reabrirem as conversas com o sr. Tish. Ele sabia que Veronica era uma mulher ponderada e esperta, que poderia convencer seus companheiros. Não precisava responder agora, podia pensar, podiam voltar a conversar, afinal eram pessoas sensatas, bem diferentes de outros em torno da mesa, piscou o olho.

— Eu só quero ajudar — disse ele.

— É isso, pessoal — disse Veronica após retornar ao Pluna Ronar e explicar tudo aos irmãos e ao advogado. — A coisa mudou de figura. Ainda temos um negócio, mas não será mais aquilo que a gente pensou. Vamos discutir o que fazer, com calma.

— É uma traição! — exaltou-se Fuad. — Nos passaram a perna, você não vê? Já estão trazendo outros pra nossa jogada. Temos um contrato, ou não temos? Afinal de contas, Jaime, pra que a trabalheira pra escrever aquela merda toda?

As vozes foram se misturando, e a reunião se transformou numa balbúrdia, como uma ópera mal ensaiada. Nuno resmungava que sabia desde o início que isso não ia funcionar, Fuad xingava o empreiteiro e "toda a sua corja", Jaime explicava que o contrato lhes dava direitos exclusivos sobre o novo cassino além de outros detalhes legais sobre ao que tinham e ao que não tinham direito sem que ninguém prestasse atenção.

Veronica observava a confusão calada, de braços cruzados. Tomou uma certa distância do grupo e posicionou-se no fundo do salão, observando-os com seus olhos de fotógrafa. Congelou a cena: o sol poente entrando pelas janelas do cassino, as figuras humanas com a luz por trás eram sombras a povoar aquela caverna, cada qual olhando para uma direção diferente. Veronica se abstraiu dos sons e se concentrou na posição das sombras. Uma delas estava de pé, com os braços abertos e as mãos espalmadas; outra, encolhida numa cadeira a segurar a cabeça entre as mãos; a terceira empertigada, óculos pendendo do rosto, a revirar folhas de papel. De que se lembraria no futuro ao contemplar aquela foto improvável? Desespero? Espanto? Resignação? Veronica mudou de posição para ver a cena de outra perspectiva. Caminhou vagarosamente em direção à janela, de forma que pudesse ver aqueles corpos de outro ângulo, de frente para a luz. Corpos iluminados, agora eram visíveis cada gota de suor, cada pelo eriçado, cada sulco irregular do chão de madeira, cada sobrancelha levantada. Eram corpos cegos pela luz, perdidos na estupidez, nada compreendiam. Lembrou-se do equilibrista de olhos vendados que viu, quando criança, que tudo percebia em sua solidão nas alturas. Lembrou-se do casal de idosos que fotografou num ônibus, diferentes verdades contadas por diferentes ângulos. Que verdade cada um ali escondia de si mesmo?

Era noite, todos já estavam esgotados. Combinaram de pedir uma última reunião, decisiva, com o empresário e mais outra pessoa que ele escolhesse. Do lado de deles, iriam apenas Veronica e Fuad. Seria tudo ou nada.

Saíram da caverna em silêncio. Lá fora, só escuridão.

17

Fuad chegou ao edifício de Veronica perto de quatro da tarde. Era quase inverno, o sol refletia na fachada e sua luz já entrava oblíqua pelas janelas. O edifício tinha sido construído com esmero, o revestimento de cerâmica bege lambido pela luz dava ao conjunto uma aparência colérica que combinava bem com seu estado de espírito. Tenso, Fuad repassava mentalmente os acontecimentos dos últimos dias, o que aumentava sua indignação, seu desejo de confronto, uma mistura de emoções que fazia com que as veias do pescoço saltassem e o raciocínio ficasse nublado. Tinha acertado aquele encontro com Veronica para combinarem como conduzir a conversa com o empresário, acertada para acontecer no Pluna Ronar dali a uma hora e meia. Precisava se acalmar. Ele sabia que Veronica ia tentar convencê-lo de que podia adotar uma forma de agir que evitasse uma guerra sem abrir mão de nada importante. Fácil de falar, difícil de fazer, sabendo que o outro lado era intransigente e ardiloso. Na lei das ruas, aquilo não acabaria bem.

Olhou para cima. O apartamento dava para a praça à esquerda. Apertou a campainha na entrada do prédio e aguardou que a fechadura se abrisse. A entrada era moderna, uma decoração despojada com a qual não estava acostumado, mas que mesmo assim lhe agradou. Enquanto tomava o elevador, lembrou-se de quantas vezes se imaginou subindo ali, das conversas com Veronica na calçada em frente ao prédio, dos fins de noite em que fumou um cigarro naquela esquina a especular sobre os mistérios que aquele apartamento poderia revelar. Ficou apreensivo sobre a reação de Veronica ao vê-lo finalmente na sua casa, testemunhando sua intimidade. Tratariam de um assunto de trabalho, mesmo assim sentia-se um invasor, um estranho. Fuad ficava sempre inquieto com o inesperado, não gostava de surpresas, há muito tempo tinha aprendido que surpresas eram ruins.

Veronica abriu a porta sem demora. Fuad não conseguiu ler em seu rosto nenhuma perturbação. Era a atitude de sempre, educada, um tanto fria, aquele olhar que resvalava. Ela também não gostava de surpresas. Fuad percebeu que Veronica tinha se preparado para aquele encontro com o máximo de controle emocional que conseguira reunir. Estava elegante e discreta, já pronta para a reunião que viria a seguir. Não tinham muito tempo a perder.

Fuad percorreu a vista pelo apartamento sóbrio, a luz pálida que insistia em entrar por todos os lados. A mobília da sala era insossa, uma mesa de madeira clara e quatro cadeiras leves. Sentaram-se de frente um para o outro. Uma grande ampulheta se interpunha entre eles, de tamanho inadequado para um bibelô de centro de mesa. Na parede à sua frente, um espelho alto apoiado no chão permitia que ele visse a si mesmo e as costas de Veronica.

— Quando eu penso no que aconteceu, me sobe uma coisa por dentro. Se fosse em outros tempos, esse pessoal já tinha se arrependido — começou ele, indo direto ao assunto.

— Fuad, calma. Eu sei, também não aceito isso. Mas a gente precisa achar um caminho. Temos boas cartas do nosso lado. Se esse negócio não sair, vai ser ruim para todo mundo, para eles e para nós. Talvez a gente tenha que se aliar a alguém, não sei.

Fuad já não suportava mais as elucubrações e conversas arrastadas, era hora de agir.

— Não dá pra conversar mais com essa gente. O que eles precisam agora é saber que estão brincando com fogo. Quem piscar primeiro perde.

Veronica tentou achar uma saída conciliatória, sabendo que era quase impossível:

— E se eu falar sozinha com o sr. Tish? Posso também procurar a mulher dele, somos quase amigas. Podemos negociar uma diminuição da nossa participação num nível que ainda seja bom para nós. Podemos também levantar um dinheiro no banco para botar no negócio, já que o argumento dele até agora é que não estamos entrando com nada. Mas precisamos baixar a temperatura e ganhar tempo. O pior é sair sem nada.

Fuad se irritou e levantou a voz:

— Eu não vou baixar a crista, não vou arriar as calças para um empresário arrogante me foder. Já tive muita paciência. Quem ele pensa que é? Falei de novo com o Jaime, temos um contrato assinado. No mínimo, ele vai ter que nos pagar uma indenização muito gorda. Não vamos negociar mais. Prefiro perder tudo do que ficar com fama de otário. Filho da puta do caralho! — Fuad levantou-se da cadeira e abriu os braços, exaltado, derrubando a ampulheta, que se espatifou no chão, espalhando areia e cacos de vidro.

A reação de Veronica foi inesperada. Saltou da cadeira num impulso e ficou em pé, congelada, olhos arregalados, as mãos no rosto como se tivesse presenciado a cena mais horrível da sua vida. Depois de longos segundos, virou as costas para Fuad e ficou de frente para o espelho, imóvel. Fuad percebeu que chorava. Deu a volta na mesa, ficou postado atrás dela sem saber o que fazer e o que dizer. Fuad, mais alto do que Veronica, colocou as mãos sobre seus ombros e depois abraçou-a por trás. Foi como se uma corrente elétrica tivesse percorrido todo o corpo dela, dos pés à cabeça. Veronica tremia em pequenas convulsões, seu corpo se aqueceu de repente, seus olhos fixados na sua imagem refletida no espelho. Fuad, tomado por aquela tensão, sentiu uma onda de excitação subir pelas pernas, acelerar seu coração, seu pênis estrangulado dentro da calça. Aconchegou-se à Veronica num abraço de corpo inteiro. A luz do sol batia no espelho e refletia sua luminosidade sobre os dois. Veronica ainda chorava, de olhos fechados. As mãos de

Fuad percorriam seu ombro, as laterais de seu corpo, desciam até suas ancas, subiam e entravam por dentro de seus braços estendidos, roçavam-lhe os seios. O corpo de Veronica ora amolecia, ora se retesava, a corrente elétrica vinha em ondas mais aceleradas, as convulsões se transformavam em excitação, a respiração suspensa no alto do peito. Fuad então beijou levemente seu pescoço, percorreu com os lábios o entorno das suas orelhas. Veronica fazia pequenos movimentos de cabeça para um lado e para o outro, ele percebeu pelo espelho que havia fechado os olhos. Com um movimento vigoroso, Fuad fez o corpo dela girar e postar-se à sua frente. Abraçou-a, beijou com suavidade seus lábios, sentiu que a boca de Veronica se abria aos poucos. Suas línguas se movimentavam timidamente de início, depois com mais vigor à medida que a respiração de ambos acelerava. Ele então abaixou uma alça do seu vestido, depois a outra, os seios de Veronica ficaram à mostra, ele os tocava em movimentos circulares enquanto mantinham suas bocas coladas. Caminharam abraçados em direção ao sofá da sala. Fuad tirou a camisa e despiu Veronica rapidamente. Ele se encontrava agora em terreno conhecido. O espanto daquele primeiro momento de encontro de corpos havia cedido lugar a uma coreografia que ele dominava. Abaixou a calça e deitou-se sobre ela, seu corpo todo a roçar sobre o dela, o pau intumescido a fazer pressão entre suas coxas. Veronica, como uma cega, percorria o corpo dele às apalpadelas, as costas peludas dele, as mãos ásperas dele, o pescoço ressecado dele, os músculos dele. Aqueles músculos que a haviam derrubado, aquelas mãos peludas que a tinham posto em pé, aquele rosto misterioso, aquele hálito quente, aquele ronco animal a dominá-la.

Veronica então empurrou com todas as suas forças aquele corpo para cima, afastou-o para encarar Fuad com os olhos bem abertos e explodiu:

— Vá embora! Vá embora!

Assim que conseguiu se desvencilhar, agarrou suas roupas, correu para o quarto e bateu a porta com um estrondo. Fuad escutou seus gritos lá de dentro:

— Vá embora! Vá embora!

Refeito da surpresa inicial, Fuad bateu na porta do quarto várias vezes.

— O que aconteceu? — Silêncio. — Abre aí, vamos conversar. — Silêncio. — O que é que eu fiz de errado? — Silêncio. — Fica calma, vou descer, vou ficar te esperando lá embaixo. — Silêncio.

Fuad saiu, tomou o elevador e postou-se na calçada. O acontecimento com Veronica o deixou com ainda mais raiva e frustração. Fumou um cigarro, esperava que Veronica descesse, mesmo emburrada, e seguisse com ele para o encontro. Estava preparado para pedir desculpas apesar de não saber bem pelo que, estava preparado para o mutismo de Veronica, mas esperava que as questões objetivas do cassino fossem suficientes para trazer de volta seu lado racional. Precisaria de algum tempo para entender tudo aquilo, ela com certeza também, poderiam conversar sobre o que houve depois de resolver a questão crucial do momento. Precisava dela para enfrentar os sócios, ou poderia fazer uma besteira. No terceiro cigarro, decidiu seguir sozinho para o Pluna Ronar, não queria se atrasar para o encontro. Tinha certeza de que Veronica chegaria incorporada em sua identidade de Madame Plunar, broche no peito, afinal de contas tudo aquilo era fruto de um projeto dela, não iria abandoná-lo de repente. Na teimosia, eles eram iguais.

18

Já estava escuro. Quanto tempo havia se passado? Veronica se levantou da cama, vestiu a primeira roupa que viu, foi na cozinha buscar um copo d'água, cortou o pé num caco de vidro. Não doeu, ela olhou para o pé como se pertencesse a outra pessoa, deixou estar. Bebeu a água devagar enquanto olhava pela janela o dia extinto. A água descia cortando a garganta como se fosse um caco de vidro.

Não conseguia se desvencilhar daquela cena. A imagem de Fuad de pé, o braço direito esticado para o alto, a ampulheta em pleno voo decompondo o sol em feixes coloridos como já vira tantas vezes; Fuad de olhos arregalados e em fúria, em contraste com a casa e seus objetos; as coisas todas em seus lugares. Em menos de um segundo haveria o ruído da ampulheta se quebrando, o palavrão dito por Fuad, o movimento de contornar a mesa. Em meio minuto ela estaria de frente para o espelho e depois sentiria as mãos grossas de Fuad em seus ombros. Mas ainda não. Aquela cena, congelada no tempo, continha em si um destino imprevisível. Seu pensamento estava fixo naquela improvável fotografia que passava repetidamente diante de seus olhos. Ela conseguia entendê-la na sua plenitude: descrevê-la não acrescentaria nada. A verdade da imagem era muito maior do que qualquer descrição que pudesse fazer, ela podia entender tudo sem precisar de palavras. A imagem estava fora do lugar, a imagem não combinava com aquela casa, Veronica também não. A calmaria anterior só podia ser um disfarce. A imagem continha em si o resumo de toda a sua vida, era uma ficção e uma verdade. Sua memória não tinha registros das cenas que viriam depois, seus olhos estavam fechados. Veronica também, sua vida era uma ficção verdadeira. Afinal, toda ficção é verdade.

Veronica juntou os cacos de vidro e a areia espalhada no chão com uma vassoura, imaginou a areia voando janela afora em rodamoinho a sobrevoar as pessoas na rua, cada grão era um cisco no olho a perturbar a visão de cada passante, cada olho ardido a distorcer a capacidade de ver, cada grão fazendo de cada olhar uma mentira. Aqueles grãos de areia que tinham sido um dia, em seus devaneios, fragmentos de seu corpo a escorrer pela ampulheta agora estavam libertos, mas seu corpo estava mais prisioneiro do que nunca. Juntava os cacos de vidro, nunca juntaria de volta os grãos de areia.

19

As LATAS DE LIXO já tinham sido reviradas pela cachorrada vadia quando os bombeiros chegaram, era uma segunda-feira de céu nublado. Uma mulher havia ligado relatando um incêndio na parte de trás do prédio da esquina, no térrco. Vieram com o estardalhaço de sempre, acordando os ociosos que não tinham nada para fazer tão cedo. Ficaram surpresos com a falta de fumaça e de gente na rua, mas tinham que completar o protocolo. Dois bombeiros se aproximaram da porta dos fundos com machados, mas não foi necessário usá-los, a porta estava entreaberta. Entraram com as mangueiras, esguicharam água por um tempo curto e logo saíram. Não havia fogo nenhum, era um alarme falso. Ficaram por ali confabulando diante da porta de ferro aberta com expressões de espanto. Passado algum tempo, chegaram dois carros da polícia, já se via uma dúzia de curiosos tentando espiar o que acontecia lá dentro.

Os policiais afastaram as pessoas e cercaram o local com uma fita, o que serviu para atrair mais gente.

— Não entendi nada, não foi incêndio?

— Alarme falso. Quer dizer, meio falso, porque tem alguma coisa estranha aí, senão a polícia não viria.

— Tentaram roubar o cassino. Ou foi alguma briga sobre o pagamento das apostas.

— Não pode ser, o cassino não funciona aos domingos.

— Alguém ouviu uma discussão no início da noite, vozes altas. Estacionaram um carro ali, ficaram por uma hora e saíram.

— Eu vi, saíram dois caras.

— Disseram que tem um homem morto aí dentro. Alguém ouviu um tiro.

— Ninguém sabe se foi mesmo tiro, pode ter sido a porta de ferro batendo. Já ouvi esse barulho muitas vezes.

— O segurança que fica todo dia aqui nessa porta não estava, tudo muito estranho.

— Eu vi o segurança, ele estava aqui como sempre. Ficou parado na esquina e sumiu quando todo mundo foi embora.

— Quem morreu não veio de carro, porque não tem nenhum estacionado por aqui.

— Verdade.

— Esse lugar funciona há muito tempo, eu nunca tinha visto bagunça nem briga.

— O restaurante da frente é muito bom, já fui lá.

Chegaram mais um investigador e um fotógrafo forense que usava uma câmera alemã Linhof Technika dobrável, própria para fotos em grandes formatos, com um visor de imagem brilhante, ótimo enquadramento e foco preciso. Pelas janelas viam-se os flashes espocando. Deve ser esquisito tirar fotos de mortos e cenas de crime, aquelas expressões indecifráveis nas caras dos defuntos. Close-ups de membros cortados, tripas expostas, tudo fora de lugar: nada deve escapar, as fotos precisam contar uma história. Fotos são sempre testemunhas. Nesses casos, o fotógrafo deve ser o mais neutro possível, sua existência não deve ser percebida. O fotógrafo criminal age como um tradutor, que precisa ter como meta recriar em outro idioma o texto original da obra, sem interferências: uma missão impossível, porque o olho e o dedo no disparador pensam por vontade própria. As fotos de um crime são o final de uma história. Contar a história cabe aos investigadores, mas o tradutor sempre tem o rabo preso.

Com o decorrer da manhã, mais gente começou a se aglomerar por ali, formando uma pequena multidão, e as versões sobre o que tinha acontecido se multiplicavam. Lá pelo meio-dia chegou uma mulher querendo entrar, transtornada. Não dava para ouvir direito o que dizia, só se via seu rosto crispado. Depois de tentar outras vezes e ser repetidamente expulsa, deu a volta à esquina e tentou penetrar pela porta da frente do restaurante, em vão. Após muita negociação, os policiais a puxaram para dentro. Ficou lá durante um tempo e depois foi escoltada para fora. Permaneceu então de pé em frente à porta de trás como um bicho, a cabeça balançando, o pescoço comprido pendendo para a frente. Mais pessoas chegaram, entraram e saíram, depois foram escasseando, tanto a multidão como os policiais. Chegaram também repórteres da seção de crimes de dois jornais da cidade e um fotógrafo desses que parece ter prazer em fotografar cenas de assassinato. A mulher ficou lá no mesmo lugar.

No meio da tarde, um investigador declarou oficialmente aos repórteres que um homem tinha sido morto, mas não deixou ninguém entrar na cena do crime. A vítima era alta e forte, supostamente o dono do cassino clandestino. Foi atingido na cabeça por um único golpe intenso, o assassino deve ter usado um taco de beisebol ou objeto semelhante. O corpo estava caído em frente ao balcão do bar, devia estar de pé quando foi atacado por trás. Foi atingido no osso occipital, na base do crânio, onde a medula espinhal se conecta ao cérebro. O assassino devia ser mais alto do que a vítima, pois o objeto utilizado girou com grande impulso em sentido paralelo ao chão. O mais estranho eram os olhos perfurados, parcialmente saltados das órbitas e dilacerados. Nenhuma das armas utilizadas tinha sido encontrada. Já era quase noite quando o corpo foi retirado envolto por um saco e o local foi trancado. Um policial ficou de guarda. A mulher ainda estava lá, na mesma posição. A noite avançou e ela ainda não tinha ido embora.

Durante os dias seguintes, alguns vizinhos foram ouvidos. A vítima era um tal de Fuad, um sujeito que vivia da exploração do cassino clandestino com passagens pela polícia por delitos do passado. Ele não tinha má fama na região, pelo contrário. Os vizinhos disseram que o cassino e o restaurante tinham um efeito positivo na área, antes um tanto abandonada. Um deles disse que Fuad era um sujeito boa-praça, um comportamento típico de contraventores para ganhar a simpatia da comunidade. Ele supostamente teria preparado uma emboscada para coagir um empresário conhecido na cidade, com o qual tentava estabelecer negócios. Uma hipótese era que o empresário tivesse reagido à emboscada e, em legítima defesa, matado Fuad, apesar da diferença de tamanho e compleição física dos dois.

O irmão de Fuad também foi ouvido, assim como o empresário. Parece que a mulher que apareceu lá era amante de Fuad, uma francesa conhecida como Veronica Plunar. Ela não tinha passagem pela polícia. Foi chamada à delegacia para prestar depoimento, mas não disse coisa com coisa. O empresário confirmou o encontro, que relatou como tendo sido cordial e curto, sem maiores consequências. Tinha saído de lá pouco depois do anoitecer e deixado a vítima sozinha, bebendo no balcão do cassino. O empresário tinha sido acompanhado na reunião por seu advogado, que também depôs e confirmou o relato. Contou detalhes das negociações que estavam entabulando e da decisão consensual de não seguirem adiante. O encontro teria sido apenas um ato cordial de encerramento das conversas. A investigação no local identificou que gavetas do cassino haviam sido reviradas e objetos e papéis haviam sumido, quem sabe alguma coisa de valor ou mesmo dinheiro. Como o portão de ferro não se encontrava trancado, surgiu a hipótese de que teria sido um crime de latrocínio: um ladrão, percebendo a porta aberta, teria entrado e dado de cara com Fuad, o que obrigou o invasor a matá-lo. Essa hipótese foi ganhando crédito, apesar das evidências insuficientes. Depois de seis meses de investigação, o crime ainda não tinha sido elucidado. Ninguém foi preso e a história caiu no esquecimento.

Alguns meses depois, o sr. Tish deu uma entrevista a um jornal da cidade falando de seus novos projetos imobiliários, da necessidade de se combater a criminalidade e de se criar uma rede de proteção aos cidadãos de bem. "O crime do Pluna Ronar é o exemplo de uma situação que não pode se repetir."

20

O *Tempo* era um jornal popular, com um pé no sensacionalismo e o outro na politicagem. Foi criado na época em que o crime corria solto na cidade, com assassinatos nas ruas e falcatruas no governo. Era a primeira leitura daqueles que saíam cedo para trabalhar, mergulhados naquelas páginas que pingavam sangue enquanto eles chacoalhavam em pé no metrô e nos ônibus lotados. Gael era um repórter de meia-idade, fofoqueiro e curioso, ainda cheio do ímpeto da juventude, mas com a malandragem de quem identifica o furo e tem paciência para correr atrás da história. Na redação ou no bar ao lado, os companheiros já estavam acostumados com seu comentário diante de qualquer assunto novo: "Aí tem coisa..."

Gael era versátil, escrevia sobre tudo, pois a redação era pequena e a precariedade financeira do jornal não permitia contratar medalhões nem especialistas. Gostava da reportagem policial, mas sua paixão era a coluna "Nas esquinas da vida" que o jornal publicava aos domingos, na qual ele se revezava com um colega a contar histórias melosas sobre dramas humanos da cidade. O chefe de redação quis matar a coluna mais de uma vez, pois os dois jornalistas pediam sempre mais espaço e gastavam cada vez mais tempo chafurdando nas almas de desconhecidos em detrimento da cobertura policial, que sempre foi o ganha-pão do jornal. Gael e seu companheiro se autointitulavam os únicos repórteres especiais do jornal, o que não era verdade, mas o título autorreferendado abria portas e fazia sucesso com os colegas. Tinham a sensação orgulhosa de produzir literatura popular. Ultimamente respiravam com certa tranquilidade. "Nas esquinas da vida" tinha sido salva por um fabricante de xaropes que adorava ler a coluna aos domingos de manhã na varanda de casa e decidiu patrociná-la, fato que elevou seu conceito à categoria de mecenas cultural no seu círculo de amigos.

Gael já conhecia Veronica. Alguém havia comentado, anos antes, sobre uma maluca que havia assassinado o marido e que percorria as ruas que margeavam a zona central fazendo desenhos e tirando fotos. De doidos as ruas estão cheias, se fosse gastar tinta com cada um que aparecesse, perdia o emprego. Frequentador noturno dos bares e curioso dos redutos de onde poderiam surgir boas histórias, tinha ido ao Pluna Ronar com um amigo frequentador há pouco menos de um ano, primeiro ao restaurante, depois ao cassino. E lá estava ela. Gael ficou impactado com o comentário do amigo: "É aquela doida que diziam que matou o marido. Agora é a rainha do cassino, vai entender". Gael passou alguns minutos observando a mulher e o ambiente, e não pôde evitar. "Aí tem coisa...". Anotou mentalmente a curiosidade, podia ser um assunto para uma matéria especial no futuro, mas, naquele momento, já estava atolado com a história de uma menina cega que voltou a ver após o retorno do pai e com o lance do milionário que perdeu tudo e virou mágico de circo.

Naquela segunda-feira, foi tomar café ao lado da delegacia e ouviu um relato sobre o assassinato no Pluna Ronar. Disseram que o cadáver ainda estava lá dentro. Já era quase meio-dia, algum jornal concorrente já devia ter mandado alguém e ele não podia ficar para trás. Deixou as panquecas pelo meio e tomou um táxi. Por sorte, não era longe dali. Encontrou aquele burburinho de sempre. Ele já tinha a manha de chegar discretamente para sentir o clima e identificar com quem seria interessante conversar. Não conseguiu entrar no local do crime, então esgueirou-se lentamente pela pequena multidão, com os ouvidos atentos e os olhos bem abertos. Encostou ao lado de uma senhora que parecia abalada e começou com o papo furado:

— A senhora mora por aqui? Esse parecia ser um lugar tão tranquilo... Quem foi mesmo que morreu?

Não foi preciso mais estímulo. A mulher destravou a língua, começou a falar do final dos tempos e da insegurança reinante gritando coisas como "Jesus retornará para queimar os ímpios" e outras pragas do gênero. Gael percebeu que ela não falava com ele, simplesmente vociferava para ninguém em especial, assim nem precisou despedir-se.

A Sexta Estação   145

Postou-se ao lado do guarda que tomava conta do portão, ouviu as informações básicas que todo mundo já sabia ("assassinato", "uso de arma branca", "crime durante a madrugada", "até agora não há testemunhas"), correu até um telefone público e pediu à redação para que mandassem o fotógrafo o mais rápido possível, torcendo para que estivesse disponível. Perambulou por ali sem conseguir nada de mais relevante a não ser o nome da vítima, um tal de Fuad. A investigação ainda estava muito no início. Seria o máximo se conseguisse entrar por alguns momentos no recinto para dar uma olhada. Melhor ainda se ele conseguisse levar lá dentro Santi, o fotógrafo, para que ele sacasse umas fotos do morto. Começou a esboçar a matéria na cabeça, a rememorar internamente o que conheceu do interior do cassino, dos seus frequentadores, já daria para especular alguma coisa. Colheu mais fatos sobre o local com alguns populares, falaram da reforma do restaurante, da expansão do cassino, comentaram sobre a melhoria da frequência e a nova iluminação do entorno, que tinham trazido uma sensação de maior segurança para aquela área, antes ameaçada pelos marginais que perambulavam por ali.

Foi então que Gael a viu do outro lado da rua, como uma estátua. Custou a reconhecê-la por causa do seu jeitão desesperado, da aparência de zumbi, muito diferente da Veronica que havia conhecido no cassino, elegante, segura e educada. Era o gancho de que precisava, o furo da matéria que ninguém mais teria: o depoimento da gerente sobre o assassinato do seu patrão. Atravessou a rua e postou-se em silêncio ao lado dela, que sentiu seu espaço invadido e deslocou-se para restabelecer uma distância segura. Não se dando por vencido, Gael se apresentou, disse que já se conheciam de uma visita dele ao cassino, perguntou o que tinha acontecido, se ela tinha ideia de quem poderia ser o assassino. Veronica o ignorou, como ignorava qualquer movimento no seu entorno, olhos fixos na porta, o rosto era uma máscara mortuária, um movimento quase imperceptível de trocar o peso do corpo de uma perna para a outra e a cabeça a balançar nervosamente. Acostumado a cobrir crimes, Gael não se lembrava de ter visto um rosto tão dramático em suas andanças por aí.

Já era início da tarde quando Santi chegou. Gael e ele estavam acostumados a trabalhar em dupla, eram amigos de bairro desde a infância. Costumavam ter discussões acaloradas sobre qualquer assunto depois do expediente de trabalho no jornal, sempre que a noite, o uísque e a solidão criassem o clima favorável. Gael descreveu brevemente a situação e eles retomaram as tentativas de penetrar no cassino. Santi conseguiu disparar sua Nikon F aproveitando dois lances de abertura da porta para tentar registrar a cena do crime, sem muito resultado. O jeito era esperar o momento da remoção do corpo. Com habilidade, Santi poderia conseguir um ângulo pouco usual do cadáver ensacado, uma tomada do rosto de um policial, a foto de alguém do povo com a cara atordoada, alguma coisa para criar interesse e impactar o leitor do dia seguinte. A matéria teria que trazer alguns ganchos para desdobramentos futuros, pois não se esgotaria ali, haveria a investigação e o inquérito policial, os depoimentos de testemunhas e suspeitos, tudo isso poderia manter o interesse por dias ou semanas, era um veio que se abria e onde poderia garimpar por um bom tempo. Com sorte, poderia encontrar uma pepita de ouro na forma de um bom escândalo.

E por que não uma foto de Veronica?

Santi se posicionou na calçada oposta a ela, sem nenhuma preocupação em ser percebido. A tarde continuava nublada como de manhã, com a diferença de que o céu se abria em alguns buracos, feixes de luz furavam as nuvens e desciam como lanternas criando um efeito *chiaroscuro* no lado da calçada em que ela estava. Veronica estava de pé, afastada do muro, próxima do meio-fio. O feixe de luz tomava o seu rosto, que, se de um lado resplandecia, de outro se escondia por trás da sombra do chapéu. Era uma cara dividida em diagonal, quase dois rostos com expressões distintas. Uma parte do corpo refletia sua sombra sobre o muro, uma sombra mais alta e larga do que Veronica, uma outra Veronica de braços e pernas alongados. Santi disparou sua Nikon F de mais de um ângulo, com o rosto colado na câmera. Quando revelou a foto mais tarde, resolveu ampliá-la para destacar o rosto. A sombra do corpo na parede escurecia tudo em volta, a luz do sol iluminava uma metade do rosto enquanto a outra ia se transformando suavemente em escuridão. A fotografia parecia uma pintura inspirada no *sfumato* de Da Vinci. Santi se considerava um artista ainda a ser descoberto, volta e meia levava broncas por querer fazer fotos artísticas quando o leitor queria a cena "de verdade", como dizia o chefe de redação. O resultado é que só eram publicadas no jornal as fotos que ele considerava piores, e Santi guardava as boas como prêmio de consolação, formando uma coleção que algum dia iria expor. Na ampliação, o rosto dividido de Veronica lhe recordou o Davi no quadro *Davi com a cabeça de Golias*, de Caravaggio, um lado do rosto claro e expressivo e o outro lado, escurecido. A expressão dela, no entanto, não era a de Davi, mas a da cabeça cortada de Golias que Davi trazia pendurada pelos cabelos, como se Veronica fosse a própria vítima, como se o assassino houvesse cortado sua cabeça. Era um olhar ao mesmo tempo de resignação e desespero, em cima de uma boca semiaberta de surpresa. Santi mostrou depois a foto a Gael, que a elogiou com uma empolgação comedida:

— Boa foto, Santi. Não emplaca no jornal, mas vai ficar bem na sua coleção.

Lá pelo meio da tarde conseguiram conversar com o investigador que havia saído para fumar um cigarro. Ele descreveu a cena do crime e as circunstâncias conhecidas até o momento, e Gael e Santi ainda tentaram dar mais uma cartada para entrar no salão, atraídos pelo relato. Santi ficou particularmente interessado em fotografar a cara da vítima com os olhos extirpados, tinha certeza de que a foto iria dar a capa do jornal. Gael decidiu não esperar mais, deixou Santi de prontidão para registrar a remoção do cadáver, foi para um bar qualquer enganar a fome e dali para a redação. Batucou por meia hora na máquina de escrever e, como não recebeu mais notícias de Santi, deixou a matéria pronta e voltou para a história da menina cega que sairia no domingo seguinte. Dormiu com o enigma de Veronica.

No dia seguinte, terça-feira, saiu n'*O Tempo* a matéria com duas fotos: a do cadáver embrulhado cercado de gente e a da fachada do Pluna Ronar. No corpo da reportagem, a declaração do investigador, uma breve história do Pluna Ronar e a descrição de Fuad tirada da imaginação de Gael (contraventor, dono do cassino e do restaurante, boa-praça, mas estourado). Nenhuma palavra sobre Veronica. Na última hora, Gael decidiu retirar do texto as menções a ela, não quis desperdiçar esse cartucho logo de início, já que a história ainda iria render, mas, principalmente, por um pudor reverente ao rosto que tinha visto na véspera. Por trás dele havia uma dor sobre-humana e um mistério que o atraiu como há muito não acontecia.

Gael baixou naquela mesma tarde na delegacia para saber das novidades. Os policiais estavam colhendo os depoimentos dos futuros sócios, gente conhecida na cidade. Ficou de tocaia para ver se conseguia alguma coisa com eles, mas o sr. Tish não abriu a boca, e o advogado dele comentou que o encontro não tinha sido nada demais. Era pouquíssima informação para um crime tão esquisito. Aquelas perguntinhas básicas de qualquer repórter de porta de cadeia pipocavam na sua cabeça. Qual a *causa mortis* e como a vítima foi morta? Quem poderia se beneficiar do crime? Quais os antecedentes da vítima e dos demais envolvidos? Quem eram os desafetos de Fuad? O que de importante estava em jogo? Soube que no dia seguinte Nuno, o irmão da vítima, e Veronica, a gerente do cassino, estariam lá.

Gael plantou-se na quarta-feira cedo na delegacia para acompanhar a movimentação. Nada de novo, o irmão de Fuad não deu a menor bola para ele, entrou e saiu sem falar quase nada. Veronica não apareceu e dois policiais tiveram que buscá-la em casa e trazê-la escoltada. Ela entrou com um andar arrastado sem olhar para os lados. Ficou mais de uma hora com o investigador e saiu do mesmo jeito que chegou. Tudo muito esquisito. No final do dia, Gael conseguiu uma conversa com um velho amigo que trabalhava ali, sob a condição de não revelar a fonte. Descobriu que Fuad estava em negociações com a empresa do sr. Tish para operar um cassino que ele pretendia abrir dentro de um complexo hoteleiro nas cercanias da cidade, mas que o sr. Tish havia desistido do negócio por causa dos maus antecedentes de Fuad, que havia cometido crimes na cidade anos antes. Segundo o informante, esse processo ainda existia. O sr. Tish era um homem de bem e não teria nenhuma vantagem em matar ou mandar matar Fuad, pois já havia desistido da empreitada. Fuad é quem poderia ter motivos contra o sr. Tish pela perda da oportunidade de fazer um grande negócio. Uma reação a um possível ataque de Fuad naquela noite também não foi constatada, pois não havia vestígios de luta. Fuad foi morto de surpresa pelas costas. Além disso, Fuad não tocou no revólver que estava na gaveta, sinal de que não iniciou nenhuma agressão. Como a porta do cassino ficou aberta e algumas coisas de valor desapareceram, tudo indica que uma terceira pessoa entrou no recinto e o atacou. Ou seja, um latrocínio. Fuad foi surpreendido bebendo no balcão, provavelmente alcoolizado, não percebeu a entrada do assassino, foi pego de surpresa.

— E os depoimentos do irmão e da gerente do cassino?

— Não acrescentaram nada. O irmão estava encolhido de medo, só queria saber quando poderia reabrir o restaurante. Respondeu ao que foi perguntado. Confirmou a história do contrato encerrado e das conversas amigáveis do sr. Tish, ou pelo menos do que lhe relatavam, pois participou pouco dessas negociações. Ele veio com um advogado gordinho, que não falou nada. A sra. Veronica, tadinha, não disse coisa com coisa, é uma pobre coitada. Disseram que era amante do Fuad, mas acho isso uma fantasia. Ela é uma dessas imigrantes sem eira nem beira, sabe? Nem sei como ela pode ter sido gerente do tal cassino. Não tem parentes nem amigos por aqui. Acho que esse caso vai dar em nada, a não ser que surja um fato novo ou um novo personagem. Ninguém quer saber de esclarecer a morte de um contraventor desqualificado, o irmão não está interessado e a sócia é uma imigrante amalucada.

— Então você acha que vai ficar tudo por isso mesmo?

— Eu não disse isso. Vamos continuar investigando como sempre fazemos. Pode ser que a gente ache um suspeito, um desses marginais que andam pela noite na vizinhança à procura de uma janela aberta, de uma porta que possa ser facilmente arrombada. Temos uma lista de procurados, pode ter sido qualquer um deles. Esse é o nosso trabalho do dia a dia.

— Será que a Veronica não pode ter mais informações? Não seria bom esperar um pouco para que ela se acalme e quem sabe possa acrescentar algum elemento novo?

— Acho que você não entendeu. Ela é doida. Só vai se acalmar na outra vida.

— Você não tem mesmo o contato de nenhum parente, de nenhum emprego anterior dela?

— Temos os documentos do Pluna Ronar que o irmão do Fuad trouxe, lá tem a lista de empregados com endereço, emprego anterior, essas coisas. Por que você quer isso?

— É que estou pensando numa matéria especial para a minha coluna, "Nas esquinas da vida". Ela pode dar uma história e tanto. Os leitores adoram essas personagens misteriosas.

— Posso te arranjar alguma coisa se você parar de me encher o saco com esse interrogatório. Mas vai com calma porque essa história já está incomodando gente importante que tem coisa melhor pra fazer.

— Última pergunta: como você explica os olhos perfurados da vítima?

— Me admira você, que é repórter policial há tanto tempo, ainda não ter aprendido uma regra básica do nosso trabalho: muita coisa não se explica. Esta cidade é cheia de malucos, uns mansos, outros sanguinários. Qualquer coisa pode acontecer.

Gael saiu de lá com o endereço e o telefone de Veronica e o da casa de uma família onde ela havia trabalhado, em um condomínio pelos lados da Zona Norte. Ligou para o número de Veronica muitas vezes nos dias seguintes. Foi procurá-la em casa no domingo à noite, mas a campainha não respondia e as luzes estavam apagadas. A curiosidade aumentou, e ele resolveu ir atrás da antiga patroa. Era quase nada para uma matéria que podia nem fazer sentido, mas sentiu na espinha aquela empolgação juvenil da novidade.

21

VERONICA PASSOU A NOITE de segunda para terça-feira de pé junto ao portão dos fundos do cassino. Foi cheirada pelos cães do amanhecer — um deles chegou a lhe mostrar os dentes —, o que a tirou do torpor em que estava desde que havia se plantado ali. Caminhou devagar para casa sem prestar atenção ao entorno. Não se deu conta de nada naquele início de manhã de terça-feira: não ouviu o barulho do tráfego, não notou o céu nebuloso, não percebeu os passantes nem ouviu o xingamento de um motorista com quem, por pouco, não colidiu. Estava em outro lugar, outro tempo. Andava pelo corredor do navio enjoada, céu e mar na mesma cor de chumbo, vomitava num canto enquanto pensava no quarto escuro da escola onde a professora a havia trancado, sufocada por um cheiro de podre que lembrava... Uma lembrança dentro de outra dentro de outra, um fio que ela percorria cega, levando a lugar nenhum.

Abriu a porta de casa: cadeiras fora do lugar, janelas abertas, uma toalha no chão. Talvez já não fosse sua casa. Lembrou-se de um porão em que havia morado sozinha numa cidade qualquer, pequeno e abafado, com uma janela de onde se viam uns palmos de terra e um tronco seco de árvore, sentiu saudades. A vida do lado de fora era ameaçadora, naquele porão sentia-se protegida. A janela era um enquadramento do mundo externo que o limitava a elementos essenciais, aquela visão da terra e do tronco era tudo o que precisava para saber que o lado de fora existia. Naquele porão passava noites enfiada no seu pequeno laboratório, lambida pela luz vermelha dos trabalhos preparatórios, depois a revelação em total escuridão, e, por fim, coberta pela luz branca que projetava as imagens dos negativos no papel. É no escuro que o filme se revela em negativo, trazendo de volta a imagem capturada com a luz, que ironia. Quis voltar para aquele porão, para o silêncio do laboratório, sentir-se potente ao trazer à luz cenas que só ela tinha visto.

De madrugada, sentou-se de frente para o espelho, a casa escura, uma réstia de luz entrando pela beira da janela. Percebeu o contorno negro do seu rosto no espelho, o luar a pratear suas bordas. "Esta sou eu", pensou. Oprimida pela imagem que a observava no espelho, não se reconheceu nela. No entanto, sua imagem compreendeu perfeitamente seu sofrimento. Levantou-se, juntou tudo o que lhe interessava em uma caixa e duas malas grandes. Não tinha ideia para onde iria, a imagem do porão não lhe saía da cabeça. Resolveu voltar ao Pluna Ronar.

A entrada do cassino continuava interditada pela polícia, cercada por faixas. Tentou a porta do restaurante, ficou surpresa que estivesse livre. Enfiou a chave, entrou. Circulou entre as mesas, visitou a cozinha, sentou-se no bar. A tal obra da cozinha, que havia começado depois do embargo pela saúde pública, ainda não estava terminada, tudo tinha sido deixado como se o trabalho fosse recomeçar no dia seguinte. Parou em frente ao corredor que ligava o restaurante ao cassino, ali onde tinha sido derrubada quando esteve no Pluna Ronar pela primeira vez. Ao fundo, a porta de onde saiu o homem de paletó xadrez verde e vermelho para o encontro que jamais esqueceria. Andou até o local exato onde havia desabado no chão. Foi até o canto do restaurante onde preparou o primeiro jantar para o sr. Tish e sua trupe. Era um espaço quadrado, destacado do salão principal, um depósito depois transformado em sala para jantares privados. Mediu o entorno, o tamanho era bom. Voltou ao apartamento, em duas ou três viagens trouxe as tralhas, comprou um colchão estreito, acomodou-se naquele canto. Ficou, não sabia até quando. À noite, vigiava o corredor. Escutava ruídos, talvez de Fuad, talvez do homem do paletó xadrez, com certeza de ambos.

Passaram-se dias, não contou quantos. Para ocupar o tempo, começou uma limpeza minuciosa no ambiente: esfregou o chão, limpou as mesas, poliu o balcão do bar, sumiu com toda a poeira da obra. No meio dessa faina, Nuno apareceu na porta com cara de espanto:

— Não esperava te ver aqui — foi o que conseguiu dizer.

—Achei que podia ser útil. É ruim deixar um lugar fechado sem limpeza, em pouco tempo fica com um jeito de abandonado.

Nuno a examinou dos pés descalços aos cabelos assustados. Era outra Veronica.

— Não precisava ser assim — disse Nuno. — A polícia fechou a oficina, perdemos tudo. Talvez a gente consiga reabrir o restaurante. Alice, minha cunhada, foi embora da cidade, vai morar com os filhos na casa da mãe dela, longe daqui. Eles ainda não entenderam o que aconteceu.

Veronica, no meio do salão, vassoura na mão, olhava para Nuno como se ele estivesse falando outra língua. Num rompante, ele abraçou-a e desabou. O berro virou choro que virou gemido, ele agarrado nela, estática, com os braços largados ao longo do corpo. Nuno juntou seus pedaços, olhou em volta, expirou fundo:

— Acabou. Vou vender isso tudo.

— Posso ficar tomando conta enquanto você não vende.

— Depois a gente vê como fica. Cuidado para não esquecer o fogão ligado.

Nuno saiu e não apareceu mais. Veronica foi ficando. Só tinha mesmo o silêncio para tomar conta. Quando este ficou insuportável, reparou na câmera fotográfica num canto da mala. Colocou-a em cima da mesa, admirou-a a distância como se fosse a primeira vez, limpou suas lentes, testou o disparador, pendurou-a no pescoço. Comprou uns rolos de filme e percorreu algumas ruas próximas. Enquadrou grupos de crianças vindas da escola, homens da limpeza pública, gente nos pontos de ônibus, fiéis saindo de uma igreja, consumidores olhando vitrines. Não apertou o disparador uma vez sequer. Adentrou um terreno baldio mal cercado, havia uma placa de lançamento imobiliário. Uma paisagem árida, buracos cavados no chão, montes de terra e pedras, ninguém. Gastou um rolo inteiro fotografando aquilo.

Voltou à rotina de caminhar pelas ruas, mas já não era a mesma coisa, as pessoas já não lhe interessavam. Fotografava cães e gatos vadios, postes de luz, praças sem ninguém. Saía bem cedo, quase de madrugada, aproveitando a luz do nascer do dia. Depois se enfurnava em casa, saía de novo na hora mágica, ao cair da tarde. Por alguns dias, ficou sentada na beira do trilho do trem que passava a cinco quadras dali a capturar imagens dos comboios que cruzavam, desde o ponto distante em que apitavam ao longe, depois quando se aproximavam, a locomotiva quase em cima dela, e depois ao se afastar no horizonte. Não era como num filme, em que os olhos se adaptam à sequência de imagens que passam rapidamente criando a ilusão de movimento. Depois de reveladas, as fotos seriam vistas como cortes, visões surgindo aos rompantes, desde a mancha longínqua até a ameaça da boca imensa da locomotiva a querer devorá-la, depois seu sumiço. Como se na vida o perigo surgisse com a proximidade, a distância é sempre uma proteção.

Veronica perdeu a noção do tempo. Teve vontade de viajar, de mudar de cidade, de sumir. Remoía a cena do seu encontro com Fuad no apartamento misturada a lembranças do cassino e da sua infância. Lembrou da visita ao jardim zoológico com ele, um dia em que nada de mais aconteceu, mas que jamais esqueceria.

22

Na segunda-feira da semana seguinte, Gael procurou a casa onde Veronica havia trabalhado. Foi cedo, tinha acordado de madrugada com elucubrações sobre a história. Veronica era uma imigrante, um tipo de gente que ele conhecia bem. Gael era irlandês e chegou menino ao país, sabia o que era isso. Como ele, ela deve ter vivido o choque da chegada, vendo aqueles galpões cheios de gente vinda de todos os lugares do mundo, tralhas e choros, todo mundo falando alto, guardas mandando as pessoas para lá e para cá, longas esperas. Gael veio com a família toda, os pais, a avó e a irmã, o tio já vivia em Nova Jersey, tinha dado a sorte de conseguir comprar um caminhão velho e chamou seu pai para trabalhar com ele. Cada uma daquelas pessoas da multidão tinha sua desgraça particular, mas compartilhavam da esperança comum de uma vida melhor. Mal sabiam elas que a desgraça era a mesma para todos, a forma de contá-la é que era diferente, e que o futuro delas também seria parecido, exceto para os poucos que, na roleta da vida, apostassem no número certo.

O condomínio era de classe média, silencioso e com pouca gente nas ruas. Gael tocou a campainha e logo surgiu uma mulher sorridente e simpática que o confundiu com o homem do seguro. Sua gravata verde, o cabelo vermelho e as sardas do rosto harmonizavam-se com aquele xangri-lá de subúrbio, por isso a dona de casa o convidou a entrar e sentar-se na sala. Quando Gael disse quem era, o que fazia e quem procurava, a mulher ficou por uns instantes muda como se tivesse decorado o texto para a peça errada. Só conseguiu perguntar por que ele tinha interesse em Veronica, uma pessoa tão "sem sal".

— Ela é agora uma figura conhecida na cidade — Gael explicou —, meio misteriosa, uma história interessante para o meu jornal. É gerente de um restaurante muito popular e parece que boa fotógrafa. Nossos leitores gostam de ler sobre a vida das pessoas da cidade, casos de superação, gente que venceu dificuldades, essas coisas.

Gael percebeu que a mulher não era uma leitora típica d'*O Tempo* — e nem devia saber do crime. Não era ele que iria contar.

— Ela trabalhou uns anos com a gente — começou a mulher. — Era boazinha, cuidava das crianças, as levava para a escola, passeava, estudava com elas. Não tinha nada de especial, a não ser aquela mania de fotografia. Acho que gastava o dinheiro todo com isso. As crianças gostavam dela, ela inventava umas histórias. Era muito limpa, não fazia exigências. Só não gostava de falar da sua vida, do seu passado, mas também eu não tinha nenhum interesse nisso. Nós nos dávamos bem. Guardava uma tralha enorme lá no porão não sei para que, mas foi a única coisa que pôs como condição, queria um lugar isolado e com espaço. Não se preocupava com o salário.

— Tinha parentes na cidade, amigos?

— Ela não falava nada da vida pessoal, como eu disse.

— Houve algum fato durante a permanência dela aqui que tenha chamado sua atenção? As fotos, ela costumava mostrar?

— Não houve nada incomum. Era uma pessoa meio apagada. As fotos que tirava por aí, eu nunca pedi para ver e ela nunca me mostrou. A não ser umas que tirou das crianças no jardim e que ela deixou de lembrança, mas não sei onde estão.

— Tudo bem, mas nenhuma pessoa, nenhum contato? Desculpe insistir nesse ponto, é importante pra mim.

— Bem, ela deixou uma referência para o caso de acontecer alguma coisa, um problema de saúde, a gente nunca sabe. Com imigrantes é preciso ter esse cuidado, senão a gente acaba com um problema na mão. Era uma pessoa de Nova York, ainda devo ter esse contato guardado, posso lhe passar.

— Vai me ajudar, pode ter certeza.

— Ah, ia esquecendo uma coisa. Algumas vezes eu pedia para ela cozinhar para nossos amigos sexta-feira à noite, eles elogiavam muito. Comida francesa, o senhor sabe. Vai ver por isso ela foi trabalhar em restaurante. Ela cozinha bem.

Gael saiu de lá com o telefone e o endereço de uma tal Dorothy Lane em Nova York. Dorothy Lane? O nome não lhe era estranho.

Assim que chegou no jornal, ligou. Uma empregada atendeu e disse que a sra. Lane não estava. Na segunda vez, falou que ela estava ocupada. Na terceira, Gael já foi adiantando o assunto, queria falar sobre uma moça chamada Veronica, ela tinha deixado esse número de contato. A empregada pediu que ele se identificasse e aguardasse. Depois de uma pausa curta, ouviu a voz grave de uma mulher que parecia de mais idade, porém vigorosa. Era Dorothy.

— Boa tarde, não quero incomodar, sou jornalista de um grande jornal aqui da minha cidade. — Gael apresentou-se como "repórter especial" e contou sobre o interesse de seus "seletos leitores" sobre a vida de pessoas representativas de sua comunidade. — Gostaria muito de poder conversar sobre a sra. Veronica Thiry Brown. Ela deixou seu número como referência. É um bom momento para falarmos ou prefere que eu ligue outra hora?

— Boa tarde. Fico surpresa com o seu telefonema, há anos não falo com Veronica. Ela está bem?

— Muito bem, ela tem uma carreira muito bem-sucedida — mentiu Gael. Parece que ela gosta bastante da senhora e a sugeriu como uma das pessoas com quem eu poderia conversar.

— Não gosto de falar dessas coisas pelo telefone, só pessoalmente. E não tenho nenhum interesse em viajar.

Assim, se o senhor quiser ter essa conversa, precisamos marcar um encontro na minha casa. De que cidade o senhor é mesmo?

Gael marcou um encontro com a sra. Lane na quarta-feira, na casa dela em Nova York, sem nem saber se o chefe de redação aprovaria a viagem. Com ele sempre foi assim, era melhor criar o problema e depois arranjar a solução, nada cai do céu. Diante da esperada negativa do chefe de redação ("Não vou financiar seus delírios literários!"), correu para o dono do xarope e patrocinador do "Nas esquinas da vida", um imigrante irlandês como ele, com um relato emocionado sobre Veronica Brown que quase o levou às lágrimas. O mecenas ofereceu as passagens de trem. Seria uma viagem corrida, duas noites no trem e estaria de volta na quinta-feira. Na quarta, teria uma janela de cinco horas para conversar com a sra. Lane antes de retornar para a estação e pegar o trem de volta. Com as passagens na mão e patrocinador convencido, o chefe lhe deu a licença sem deixar de resmungar:

— Tomara que valha a pena, senão te mando cuidar dos obituários.

Gael desembarcou na Penn Station por volta das onze da manhã, bem-disposto e barbeado. Caminhou devagar pela estação, saboreando os estertores daquele prédio magnífico que em breve seria demolido. Sentou-se num bar para comer alguma coisa e esperar até meio-dia e meia, a tempo de chegar na casa de Dorothy depois do almoço. Estava adiantado. Ficou tentado por uma dose de uísque, mas teve receio de criar má impressão com a boca cheirando a álcool.

Pegou um táxi e chegou à Park Avenue esquina com a rua 65 antes de uma da tarde, a hora combinada. O apartamento era grande e confortável, mas a decoração já tinha passado por seus tempos de glória. A morrinha de gatos destoava da senhora perfumada e maquiada que abriu a porta. Dorothy vivia sozinha, com a ajuda de dois empregados, e com certeza já passava dos setenta anos. Crivou Gael de perguntas antes de começar a falar qualquer coisa de si ou de Veronica:

— Aconteceu alguma coisa com ela? Você tem aí um exemplar do seu jornal para eu ver como é? Você está só escrevendo uma reportagem? Pode me provar que é jornalista, e não um detetive particular? Ela sabe que você veio aqui?

Gael fez um esforço para transmitir segurança, mentiu quando precisou, mostrou seu nome na coluna do jornal e salpicou alguns elogios sobre o apartamento e as obras de arte que via. Dorothy pareceu satisfeita. Gael descobriu de saída que ela era americana, descendente de pai inglês e mãe alemã, solteira convicta, católica por influência materna, formada em artes e fotógrafa amadora. Um verniz de conhecimento artístico e o interesse por Veronica ajudaram a criar alguma empatia entre eles, ainda que a desconfiança espiasse por trás da cortina, com seu olhar enviesado, sempre que surgia uma pergunta mais delicada. A conversa toda durou cerca de duas horas e meia e terminou com um chá e promessas de manter contato. Dorothy insistiu no final em rever a matéria antes da publicação, quase uma ofensa para Gael. Ele invocou a ética jornalística para negar o pedido, até porque já tinha conseguido a maior parte das informações que queria. Voltou à estação de trem e se esbaldou nos drinques, aliviado e contente consigo mesmo. Ele ia arrebentar com aquela história. Passou a noite toda em claro na viagem de volta revendo suas anotações, especulando sobre Veronica e escrevendo.

Veronica Brown – entrevista com Dorothy Lane, 15 de novembro de 1962.

✓ Dorothy conheceu Veronica quando ela tinha uns onze anos, em 1933. Lembra bem da data, pois ela mesma estava completando 44 anos naquele dia. *(Nota: Veronica tem hoje 40 anos segundo o registro policial, e Dorothy tem hoje 73.)*

✓ Dorothy é culta, formada em artes, teve um certo reconhecimento como fotógrafa de moda no meio intelectual de Nova York. Herdou um bom dinheiro dos pais.

✓ A mãe de Veronica, Marie, começou a trabalhar como cozinheira na casa de Dorothy por volta de 1927. Ela tinha deixado uma filha bem pequena na França com seus parentes e passou muitos anos sem vê-la. Angustiava-se com isso. Passaram-se uns anos, Marie decidiu buscá-la e Dorothy lhe deu o dinheiro para a viagem.

✓ O pai de Veronica era um técnico de rádio, muito bom profissional segundo Marie. Foi ficando vagabundo e alcoólatra, talvez viciado em drogas. Batia na mulher e na filha quando chegava bêbado em casa. Dorothy teve que acolhê-las em sua casa em algumas noites mais difíceis. O pai sumia de vez em quando, até que desapareceu. *(Nota: quem sabe o jornal poderia promover um reencontro de mãe e filha? Investigar o paradeiro da mãe.)*

✓ Marie passou a trazer Veronica para a casa de Dorothy depois da escola para ajudá-la nas tarefas domésticas, mas também porque Marie tinha medo do marido chegar bêbado e encontrá-la sozinha.

✓ Veronica era muito inteligente e curiosa, lia qualquer coisa que lhe aparecesse pela frente. Lia bem inglês, mas tinha um sotaque francês que era motivo de chacota na escola. Dorothy e Veronica conversavam entre si na maior parte do tempo em francês.

✓ Um ano depois de chegar, abandonou a escola, dizia que não aprendia nada de interessante lá. Passou a ajudar a mãe durante o dia todo na casa de Dorothy, sem salário. Dorothy se afeiçoou a ela, passou a lhe ensinar história da arte durante as tardes. Passaram depois para a fotografia.

✓ Dorothy tinha (e tem até hoje) um laboratório de fotografia em casa e começaram a trabalhar juntas. Dorothy lhe deu uma câmera Kodak Brownie para iniciantes para que tirasse e revelasse suas próprias fotos.

✓ Veronica tinha um olhar muito aguçado para pessoas de todos os tipos. Iam juntas ao Central Park e ficavam sentadas num banco esperando passarem tipos humanos que lhes interessassem. Também andavam pelas ruas para capturar cenas urbanas. *(Nota: pedir a Dorothy fotos de Veronica desse período, fotos das duas juntas e fotos de Veronica adolescente.)*

✓ Foram uma vez ao zoológico do Bronx para fotografar. Veronica gostava muito de animais e voltou lá algumas vezes sozinha. Ficou horrorizada quando soube que o zoológico tinha exibido no passado, na mesma jaula dos orangotangos, seres humanos caçados no Congo para demonstrar a evolução da espécie. Passou uns dias deprimida com aquilo. *(Nota: investigar esse ponto. Há dados históricos? Só curiosidade.)*

✓ Veronica não falava muito da sua vida na França. Só da avó, que adorava. Tinha restrições à mãe, culpava-a por ter ficado com o pai por tantos anos sem ela.

✓ Veronica era muito católica, de uma fé quase primitiva. Ia à missa aos domingos. Tinha um sentimento igualitário, um grande amor pelo mundo que não conseguia expressar direito. Era sensível e se revoltava com as injustiças. Uma vez falou em ser freira. *(Nota: explorar mais esse lado religioso, os leitores gostam.)*

✓ Depois que o pai saiu de casa, Veronica passou a sofrer assédio de um vizinho do prédio quando estava em casa sozinha. Ela já era uma adolescente. Acontecia nos fins de semana quando a mãe saía com um namorado. O vizinho esmurrava a porta. Houve uma investida mais séria, mas não há detalhes. Veronica foi sozinha à delegacia para incriminar o vizinho, a mãe morreu de medo. Veronica se exaltou, quase foi presa, mas não deu em nada. Depois desse dia, ela passou a frequentar a casa de Dorothy nos fins de semana também. *(Nota: existe algum registro na polícia?)*

✓ Veronica fez uma amiga, Dorothy não sabe onde, nunca a viu. Elas iam ao cinema com frequência. Aos dezoito anos, resolveu sair de casa e morar em outra cidade com essa amiga. Dorothy e Veronica passaram a se corresponder com regularidade. *(Nota: explorar na próxima entrevista o tipo de relacionamento com a amiga.)*

✓ Veronica deixou a amiga para trabalhar num circo itinerante. Dorothy lhe havia dado um pequeno laboratório fotográfico. Ela tirava fotos dos frequentadores do circo, principalmente crianças. Revelava as fotos à noite e as entregava no dia seguinte. Parece que foi um bom negócio, ela viajava muito com o circo.

✓ Voltou para a França por um período para rever os parentes, escreveu para Dorothy de lá. *(Nota: Dorothy afirma que não guardou nenhuma dessas cartas, mas pode estar mentindo. Voltar a esse ponto.)*

✓ Quando voltou, foi morar em uma cidade pequena do interior, trabalhando como cozinheira de um hotel. Mudava de cidade com alguma frequência. Numa delas, trabalhou de graça em um jornal pequeno como fotógrafa, ficou muito animada, mas não a contrataram. *(Nota: explorar mais as "aventuras" de Veronica. Criar novas situações.)*

✓ As cartas foram rareando. A última carta que recebeu dela foi por volta de 1955. Estava trabalhando como babá na casa de uma família e satisfeita porque conseguia tempo para fotografar. Disse que estava feliz lá e deu a entender que não queria ser procurada. Foi quase uma despedida.

(Observação: o material, com criatividade, pode gerar uma reportagem em sequências, nos moldes de um folhetim. Certamente criaria interesse nos leitores.)

Estava frio, uma neblina grossa cobria a cidade conforme o trem se aproximava da estação. Gael chegou ao destino às nove da manhã. Não dormiu nada, estava com a cara amarrotada de insônia e bebida, mas feliz. Correu para o jornal e esperou, impaciente, o chefe chegar. Atropelou-o com sua excitação, com todas as possibilidades daquela história:

— O público vai vibrar quando escancararmos os mistérios dessa mulher!

— Nada feito, Gael. Esquece ela.

— Como assim? Se misturarmos essa história com o assassinato do dono do cassino, pode virar a reportagem do ano!

— Já falei, esquece. Não quero complicação.

— E o que vou dizer para o patrocinador, que adorou o tema e financiou a viagem?

— Ele já sabe.

Gael pensou que tinha coisa ali, mas resolveu não perguntar. Teve a ideia de escrever uma história de ficção baseada no material que já tinha colhido sobre Veronica, tantas coisas sem explicação, tantas lacunas que ele poderia preencher com um pouco de imaginação. Achou que podia dar um bom livro, dando ênfase ao lado psicológico e ao mistério. Mas, aos poucos, foi perdendo a motivação. Quem ia se interessar por um romance desses?

23

VERONICA REVIROU-SE A NOITE toda no colchão. Sonhou
que tirava fotos de crianças em um circo, todas alegres
e barulhentas, cercadas de animais. Um vento passou a
soprar forte vindo do Norte, o frio aumentou, seus movimentos ficaram enrijecidos, as crianças desapareceram e
ela transformou-se num bloco de neve, ela era a própria
neve agora. Um longo tempo transcorreu até que come-
çasse a esquentar. Surgiu o sol brilhando como nunca
tinha visto, um sol composto por pedras resplandecen-
tes, refletindo tudo, aquecendo tudo. Ela aos poucos foi
derretendo, transformando-se em água, uma enxurrada de
água que se canalizava pelo campo carregando tudo o que
havia em volta. Veronica não tinha forma humana, era a
própria água, porém percebia tudo e conseguia racioci-
nar. A enxurrada foi acalmando aos poucos, ficaram poças d'água dispersas, cada poça era Veronica. Os animais

vieram beber, Veronica quis voltar à forma humana, juntar as diferentes poças, fazia um imenso esforço para isso. Acordou exausta.

O corpo doía quando saiu cedo como sempre e, em vez de perambular pela rua, tomou o ônibus rumo ao zoológico. Aquela parecia ser uma péssima ideia, pois o tempo estava horrível, nada que lembrasse o sol quente da sua última visita com Fuad. No entanto, ela sentia-se muito bem. O ônibus estava quase vazio. Ao longo do trajeto, os demais passageiros desceram e não entrou ninguém. Ela seguiu sozinha por um bom trecho. O motorista, um rapaz bem jovem, a olhava pelo retrovisor de vez em quando e desejou-lhe bom dia sem nenhum tom de ironia quando ela desceu no ponto-final em frente ao zoológico. Ficou esperando debaixo de uma marquise até que os portões se abrissem às dez horas. A visão do descampado e o ar frio nos pulmões lhe trouxeram de imediato uma sensação de tranquilidade, sentiu-se viva como há tempos não acontecia. Passou o dia inteiro caminhando pelas veredas do parque sem se fixar em nenhum ponto específico, cruzando com os poucos funcionários que, de caras fechadas, circulavam com a alimentação dos animais ou cuidavam de algum conserto urgente, ávidos por um lugar quentinho. Encontrou ao longo do dia três outros visitantes com os quais sentiu imediata cumplicidade, como se fizessem parte de uma seita. Um zoológico com animais tropicais durante o inverno é uma experiência surrealista. Lama gelada, savanas cobertas de neve e árvores peladas formam um cenário alucinado onde uma girafa fica tão fora de lugar quanto uma pessoa em traje de banho num velório. A despeito disso, ou por isso mesmo, Veronica sentiu uma enorme atração por aquilo tudo. Decidiu voltar no dia seguinte com a câmera e não parou mais.

A rotina era sempre a mesma: o ônibus com seu motorista jovem, a visão do descampado, a caminhada que avivava os pulmões. Veronica, para se proteger do frio, usava uma combinação das antigas roupas com as novas. Desencavou a velha bota masculina, o casacão cinza e o gorro preto, e misturava-os com echarpes coloridas e blusões modernos, numa desarmonia que chamava a atenção de qualquer um. O broche de ouro em forma de sol, esse ela não esquecia nunca. Criou uma rotina parecida com a que empregava nos passeios que fazia pela cidade caçando imagens, nos tempos em que era babá. A partir da entrada principal, começava a caminhar por uma alameda qualquer procurando voltar sempre por uma aleia diferente para não se repetir, chegando ao ponto de partida às quatro e meia da tarde, hora do fechamento dos portões. Diferentemente do que fazia antes, andava devagar, sentava-se em algum banco, ficava em busca de imagens de qualquer grande mamífero. Era fácil com os ursos, caribus e alguns tigres, animais resistentes ao frio que circulavam confortáveis pelas áreas descobertas. Já os elefantes, as girafas e os rinocerontes saíam raramente, preferiam ficar nos seus abrigos fechados aquecidos por lâmpadas de calor. Veronica tinha preferência pelos animais de clima quente, o que dificultava seu trabalho. De vez em quando caminhava até esses abrigos buscando uma foto, os cuidadores a impediam, ela usava sempre o argumento de que não faria mal aos bichos e que poderia ajudar no trabalho deles se precisassem. Poucas vezes teve sucesso, mas, quando conseguia, ficava animada, seu rosto voltava a ter lampejos da alegria de outros tempos.

Frequentou o zoológico todos os dias durante dezembro e janeiro, exceto no dia de Natal, quando deu de cara com o portão fechado. O motorista foi ficando curioso com aquela passageira frequente e um dia, naquele trecho em que muitas vezes iam sozinhos, perguntou:

— A senhora deve gostar muito de animais para vir aqui todo dia com este tempo...

— Gosto sim, e eles gostam de mim. Queria cuidar deles, trabalhar no zoológico. Os animais têm uma pureza que as pessoas não têm. Eu acredito que eles têm alma, e você?

— Olha, dona, isso de alma é uma questão muito difícil. Minha mãe pensa como a senhora, quis me convencer disso. Eu falei que os mosquitos e as cobras devem então ter umas alminhas bem do contra, e ela me olhou espantada. Aí eu disse que não dá pra pensar que só os bichos bonzinhos têm alma, né? Se uns têm, os outros têm que ter também! — O homem soltou uma risada.

Veronica se manteve em silêncio.

Naquele mesmo dia ela procurou a administração do zoológico, que ficava ao lado da entrada. Explicou para a atendente que gostaria de trabalhar como cuidadora de animais, tinha reparado que eles não tinham gente suficiente para tratar de todos. Disse que tinha experiência, já tinha ajudado a cuidar de elefantes num circo. A jovem escutou aquilo observando-a com os olhos apertados, como se estivesse vendo um extraterrestre. Respondeu que não tinham vagas, que no inverno era assim mesmo, o contingente era reduzido, trabalhavam menos horas por causa do frio. Deve ter ficado com uma certa pena de Veronica, porque ofereceu, sem que ela pedisse, um passe livre para que frequentasse gratuitamente o zoológico durante três meses. A moça despediu-se dela satisfeita consigo mesma por ter feito uma boa ação. Veronica não desistiu da ideia.

Ela usava pelo menos dois rolos de filme por dia, o que dava umas trinta fotos. No final de dezembro, já tinha utilizado quase cinquenta rolos e mais de cem ao final de janeiro. Fechava os rolos de filme em envelopes numerados com data e uma descrição breve das cenas fotografadas, e guardava tudo em caixas de sapatos. Nunca revelou nenhum deles, por uma combinação de diferentes motivos. Havia se desfeito do seu laboratório e não tinha como comprar outro. O dinheiro andava curto, teria de lidar com o dilema de gastá-lo revelando as fotos que tinha ou comprar mais filmes. Sentia-se também incomodada em entregar seus filmes para que um profissional os revelasse, seria uma traição dar a um estranho o direito de ver pela primeira vez imagens que os animais lhe tinham confiado. Além disso, gostava de imaginar seus rolos de filme sendo descobertos por alguém no futuro, como por um arqueólogo que descobre uma ossada de dinossauro, trazendo, assim, o seu relato do mundo. Suas fotos descobertas no futuro seriam as cartas que nunca mais escreveu.

A partir de meados de janeiro, sua rotina se alterou. Passou a caminhar pelo parque e fixou-se no casal de rinocerontes que habitava um lado menos visitado,

A Sexta Estação   179

atravessando um caminho que pedia mais conservação. Sentava-se então num banco e mantinha o olhar fixo no abrigo deles. Os rinocerontes saíam pouco, sempre em dias de sol e céu aberto, o que não era tão frequente no inverno. Nesses dias, Veronica procurava fotografá-los aproveitando a luz e o cenário, com seus corpos inteiros em movimento. Passou a conhecer os tratadores, perguntava sempre como estavam os animais, se tinham se alimentado bem, se estavam sofrendo com o clima, coisas assim. Falava com mais frequência com um deles, mais velho, que lhe disse que iria se aposentar.

— Que pena — ela lamentou. — Eu vejo que o senhor tem muito afeto por eles, vão sentir sua falta.

— Não vai ter problema, dona. Alguém vai ficar no meu lugar. Eles só querem mesmo é que tenha alguém para trazer comida e manter esse lugar quente no inverno.

— Eu acho que eles sabem mais coisas do que a gente imagina, eles pensam quase como nós.

— A senhora acha? — O cuidador levantou uma sobrancelha.

— Aqui entre nós, se eu olhar para eles fixamente e com bons pensamentos, eles se comunicam comigo. A gente entra em sintonia, sabe? Não sei explicar, eles não usam palavras, só vibrações. Mas sei, por exemplo, que eles gostam bastante do senhor.

O velho guardador ouviu calado. Daquele dia em diante, ele passou a permitir que Veronica entrasse no abrigo nos dias de tempo ruim. Ela então tirava fotos diferentes, se concentrava nas cabeças compridas, nos chifres, nos olhos miúdos, nas orelhas espetadas, nas pernas fortes como colunas, na pele grossa de aparência impenetrável. Mapeava os corpos dos rinocerontes como se fosse montar um quebra-cabeças. Passou a ter dificuldade de ir embora, ficava ali até a hora de fechar, os funcionários tinham que escoltá-la até a saída. Era posta para fora sem reclamar, não se importava. Estaria de novo ali na manhã seguinte, com chuva, neve ou sol.

Semanas depois, antes de o zoológico abrir, os cuidadores viram pegadas de sapatos na grama embranquecida pela neve da madrugada em direção ao abrigo dos rinocerontes. A fêmea comia vagarosamente, de pé no centro do abrigo. O macho dormia sob um alpendre, o corpanzil virado de costas para a entrada. Debaixo dele, como duas varetas, estavam duas pernas com pés azulados, a Rolleiflex ao lado, Veronica esmagada.

A polícia não encontrou nenhum documento de identificação. Acharam um cartão de Nuno com um número de telefone. O perito ficou intrigado, tinha certeza de que a conhecia de algum lugar. Não tinha alguma coisa a ver com aquele crime do cassino clandestino? Nuno foi chamado. Não disse nada de útil, nada além do que já se sabia dela e que estava registrado no processo criminal do assassinato de Fuad. Uma pobre coitada. Por dever de ofício, os policiais foram até o Pluna Ronar e fizeram um inventário do espólio de Veronica:

- 4 sacolas grandes de papelão com roupas de diversos tipos, algumas de aspecto grosseiro, outras de características mais finas. Também peças de roupa masculinas;

- 1 bolsa de tamanho médio com maços de dinheiro miúdo amarrados com elásticos, totalizando 727 dólares;

- 5 envelopes grandes e pardos com fotografias variadas de pessoas, animais e cenas de rua;

- 7 caixas de sapato com rolos de filme não revelados;

- Folhas de papel enroladas com desenhos coloridos de ruas da cidade;

- 8 envelopes brancos grandes com negativos de fotografia;

- 6 livros de fotografia de diferentes autores, 5 em inglês e 1 em francês;

- 4 pastas de papelão com recortes de jornal;

- 1 envelope médio contendo uma certidão de óbito francesa de Eugénie Thiry;

- 1 pasta de papelão azul com 8 cartas endereçadas a Veronica T. Brown, tendo como remetentes Dorothy Lane (7 cartas) e Elsie Doolittle (1 carta).

Foi encontrada também uma caixa grande contendo objetos diversos, a saber:

- 1 caixa de papelão com 6 novelos de lã nas cores verde e vermelho;

- 1 xícara branca de porcelana com a asa quebrada;

- 1 saco pequeno de papel contendo cadarços grossos de sapato na cor preta;

- 1 pedaço de espelho triangular de tamanho médio embrulhado em papel de seda;

- 1 contrato de passagem de Havre a Nova York, em nome de Marie T. Brown, em terceira classe, emitido pela Compagnie Générale Transatlantique, para viagem datada em 17 de outubro de 1933;

- 1 conjunto de lenços de linho bordados com passarinhos;

- 1 ferradura de cavalo;

- 1 bilhete de trem Lyon-Paris datado de 16 de outubro de 1933;

- 1 colher de prata amarrada com uma fita rosa;

- 1 imagem de porcelana de Nossa Senhora de Lourdes;

- 3 revistas de moda feminina de 1958;

- 1 desenho a nanquim em cartão de um rinoceronte protegido por uma armadura, com assinatura ilegível, sem data, e anotação "à façon de A. Dürer";

A Sexta Estação

- 1 tesoura grande de ferro;

- 1 par de óculos de hastes de metal prateadas;

- 1 boneca de porte médio, de cabelos louros e longos;

- 1 pequeno saco de areia amarrado com um cadarço;

- 1 velha câmera fotográfica Kodak Brownie de 35 mm;

- 1 antiga agulha de crochê enferrujada.

24

GAEL ABRIU A PORTA do bar com esforço. O vento gelado com fiapos de neve o empurrou com força para dentro, deixando seu pescoço dolorido e a cara, anestesiada. Deu três passos adiante e respirou um odor morno de fumo que o relaxou de imediato. O interior do bar era de um estilo clássico, com o chão de madeira encardido, os dourados do balcão enegrecidos pelo tempo e espelhos oxidados. Os gatos-pingados que estavam ali podiam ser descritos com os mesmos adjetivos. Por trás do balcão ficava um garçom com a atenção voltada para a tela de uma televisão cujo chiado contínuo era o único som a dominar o ambiente. Havia um homem barbado sentado em frente fazendo palavras cruzadas, olhava para o alto à procura das palavras que zumbiam como mosquitos esperando ser apanhadas. Uma mulher de meia-idade estava numa mesa perto da janela, abria e fechava o estojo de maquiagem mirando-se de diferentes ângulos, ansiosa. Bem no meio do salão, um homem bem mais velho, elegantemente vestido, com a gravata presa por um prendedor prateado, fumava satisfeito um charuto e ajeitava de vez em quando os punhos puídos. Os pés de todas as mesas pareciam roídos por ratos. Tinha lido não sabe onde que os dentes dos ratos nunca param de crescer, por isso eles precisam gastá-los roendo o que estiver pela frente. Gael tinha nojo deles, logo imaginou ratos com dentes gigantes sem conseguir fechar a boca morrendo de inanição. Lá nos fundos, numa mesa de canto bem roída, estava Santi, olhando fixamente para a garrafa de uísque como se conversasse com ela. Gael puxou a cadeira em frente e nem deu boa-noite:

— Você também já soube, não é? Era a Veronica mesmo. Morreu roxa como um repolho. Há coisas que só acontecem nesta cidade.

Santi demorou a abrir a boca, medindo bem as palavras:

— Ela carregava algum tipo de maldição. Eu vi isso naquela foto que tirei dela no dia do crime. Aquela mulher nunca teria paz.

— Eu queria ter tido a chance de conversar com ela com calma — lamentou Gael —, deixar que ela falasse. A última vez que a vi foi na delegacia, completamente aérea. O jeito dela não batia com a história que a mulher de Nova York me contou. Falta uma peça nesse quebra-cabeça.

— A gente sabe muito pouco dos mistérios do mundo, Gael. Você sabia que o nome Veronica vem de uma santa e que quer dizer "a imagem verdadeira"? Aprendi isso na escola dos padres. É muita responsabilidade ter um nome desses. O nome que nos deram acaba marcando o nosso destino. A pessoa fica maculada por ele, mesmo que mude um dia, ficou lá, tatuado na alma.

— Deixa disso, Santi. Destino não existe. A vida é feita de acasos, e cada um lida com eles como pode, vai encontrando seu caminho. Mesmo quem tem dificuldades acaba dando um jeito. Que mal o nome Veronica pode fazer a alguém?

— Ah, meu caro, isso está além da nossa compreensão. Eu fui coroinha na infância, nunca perdi a fé. Lembro-me bem dos catorze quadros da *Via Crucis* nas paredes da igreja, aquela agonia de Jesus desde a prisão até a crucificação. Olhar para aqueles quadros me dava uma coisa esquisita, um sofrimento muito grande, você não sabe o que é isso. Jesus ali torturado, humilhado, xingado, seguido por todo tipo de gente. Tinha os que chicoteavam, os que ajudavam e a maioria que não queria nem saber, achava aquilo tudo uma diversão. O mundo até hoje é assim, Gael, não mudou quase nada. Na sexta estação do sofrimento d'Ele chegou Veronica, que hoje é santa. Jesus tinha o rosto coberto de sangue, Veronica tirou o véu e limpou-Lhe o rosto. No véu ficou impresso o rosto de Jesus, do mesmo jeito que eu revelo uma foto no laboratório. Santa Veronica revelou a verdade que o mundo precisava conhecer, eu acredito nisso. Mostrou que aquele homem existiu, que seu sofrimento não podia ser ignorado, estava ali gravado no pano.

— Santi, não vem com essa. Você tirou isso de um sermão de domingo. Eu conheço mais ou menos a história, pesquisei por curiosidade. Ninguém tem nenhuma prova de que esse pano existiu. Os que existem por aí foram feitos na Idade Média para comprovar a lenda. Ainda por cima, existem vários. Que verdade é essa que se apoia numa mentira?

— Pouco importa. Pode ser que o véu original tenha sumido, mas fizeram cópias antes. E pode ser mesmo que o original nunca tenha existido, e daí? A verdade não está no pedaço de pano, mas naquilo que a gente vê através dele. Não fizeram um retrato assim de Pôncio Pilatos, nem do imperador Tibério, nem dos que vieram antes ou depois. Se o retrato original nunca existiu, ou se perdeu, não importa. O importante é que o sofrimento d'Ele foi real e que a verdade que Ele trouxe se propagou. É ela que fez a gente acreditar numa outra vida.

— É engraçado você falar em revelar a verdade... Se ainda me lembro de alguma coisa do latim, velar é cobrir com um véu, revelar é tirar o véu. Afinal, o véu de Veronica esconde ou mostra a verdade? Sai dessa, coroinha!

— Sem deboche, Gael. Você é um cristão perdido mesmo. Imagine que um peregrino viaja para o Vaticano só para ver o véu de Veronica na Semana Santa. Ele fica espremido na multidão, olha lá de longe o véu enquadrado numa moldura brilhante. O peregrino acredita piamente que vê o véu, mesmo que o brilho da moldura ofusque seus olhos e ele não consiga enxergar nada. Mas ele acredita. Mais do que isso, ele sente que o véu o reconhece, que é visto por ele também. Entre os dois se cria uma relação de fé, e isso só é possível porque a verdade está lá e ela é uma só.

— Isso não me pega, Santi. A verdade depende de cada um, do que cada um acredita ou deixa de acreditar. A minha verdade eu construo com minhas escolhas e minhas ações. O que é verdadeiro para mim pode não ser para você.

— Um cara disse uma vez que uma garrafa meio vazia também está meio cheia, mas uma meia mentira nunca será uma meia verdade.

Isso foi o suficiente para Gael encerrar aquela conversa, que não ia levar a lugar algum:

— Falando em garrafa, esta aqui já secou. A verdade só aparece mesmo na segunda garrafa!

Ambos riram. E lá se foram mais duas horas relembrando histórias e pessoas, fazendo confidências, essas coisas que os amigos fazem quando bebem num bar.

Saíram abraçados e caminharam alguns quarteirões em silêncio. A neve caía mais forte, mas o calor do álcool e da amizade os tornava indestrutíveis. Sentiam juntos uma grande compaixão pelo mundo, cada um do seu jeito, uma tristeza de que a vida não pudesse ser melhor para todos. Gael murmurou para Santi as palavras que ouviu de Dorothy, de que o amor de Veronica pelos outros era maior do que o mundo.

— Eu não ia poder mesmo escrever sobre ela — disse Gael. — As safadezas que a gente faz têm limites.

Despediram-se numa esquina, debaixo de um poste de luz que transformava a neve pesada numa enorme redoma branca a envolvê-los. Se existe uma verdade, ela estava ali no abraço dos dois. Antes que fosse cada um para o seu lado, uma ratazana gorda passou bem perto, à procura de alguma coisa para roer.

ESTE LIVRO, COMPOSTO NA FONTE FAIRFIELD,
FOI IMPRESSO EM PAPEL IVORY SLIM 65G/M² NA COAN.
TUBARÃO, BRASIL, JULHO DE 2024.